मन्नू भंडारी

3 अप्रैल, 1931 को भानपुरा, मध्य प्रदेश में जन्मी मन्नू भंडारी को लेखन-संस्कार पिता श्री सुखसम्पतराय से विरासत में मिले। स्नातकोत्तर के उपरान्त लेखन के साथ-साथ वर्षों दिल्ली विश्वविद्यालय के मिरांडा हाउस में हिन्दी का अध्यापन। विक्रम विश्वविद्यालय, उज्जैन में 'प्रेमचन्द सृजनपीठ' की अध्यक्ष भी रहीं। 'आपका बंटी' और 'महाभोज' आपकी चर्चित औपन्यासिक कृतियाँ हैं। अन्य उपन्यास हैं—'एक इंच मुस्कान' (राजेन्द्र यादव के साथ) तथा 'स्वामी'। ये सभी उपन्यास 'सम्पूर्ण उपन्यास' शीर्षक से एक जिल्द में भी उपलब्ध हैं। आपके कहानी-संग्रह हैं–'एक प्लेट सैलाब', 'मैं हार गई', 'तीन निगाहों की एक तस्वीर', 'यही सच है', 'प्रतिनिधि कहानियाँ' तथा सभी कहानियों का समग्र 'सम्पूर्ण कहानियाँ'। 'एक कहानी यह भी' आपकी आत्मकथ्यात्मक पुस्तक है जिसे आपने अपनी लेखकीय आत्मकथा कहा है। 'निर्मला' और 'रजनीगंधा' आपकी पटकथा पुस्तकें हैं। 'महाभोज', 'बिना दीवारों के घर', 'उजली नगरी चतुर राजा' नाट्य-कृतियाँ तथा बच्चों के लिए पुस्तकों में प्रमुख हैं– 'आसमाता' (उपन्यास), 'आँखों देखा झूठ', 'कलवा' (कहानी) आदि। आप 'व्यास सम्मान', 'शिखर सम्मान' (हिन्दी अकादमी, दिल्ली), 'शब्द साधक शिखर सम्मान' आदि से सम्मानित की जा चुकी हैं।

निधन : 15 नवम्बर, 2021

मैं हार गई

मन्नू भंडारी

राधाकृष्ण पेपरबैक्स

पहला पुस्तकालय संस्करण
राधाकृष्ण प्रकाशन प्राइवेट लिमिटेड द्वारा
1957 में प्रकाशित

राधाकृष्ण पेपरबैक्स में
पहला संस्करण : 2001
सातवाँ संस्करण : 2024

राधाकृष्ण पेपरबैक्स : उत्कृष्ट साहित्य के जनसुलभ संस्करण

राधाकृष्ण प्रकाशन प्राइवेट लिमिटेड
जी-17, जगतपुरी, दिल्ली-110 051
द्वारा प्रकाशित

शाखाएँ : अशोक राजपथ, साइंस कॉलेज के सामने, पटना-800 006
पहली मंजिल, दरबारी बिल्डिंग, महात्मा गांधी मार्ग, प्रयागराज-211 001
1, अनमोल सोराबजी संतुक लेन, धोबी तलाव, मरीन लाइंस, मुम्बई-400 002
वेबसाइट : www.radhakrishnaprakashan.com
ई-मेल : info@radhakrishnaprakashan.com

बी.के. ऑफसेट
नवीन शाहदरा, दिल्ली-110 032
द्वारा मुद्रित

मूल्य : ₹250

MAIN HAAR GAYI
Short Stories by Mannu Bhandari

ISBN : 978-81-7119-711-8

जिन्होंने मेरी किसी भी इच्छा पर
कभी अंकुश नहीं लगाया

पिताजी को

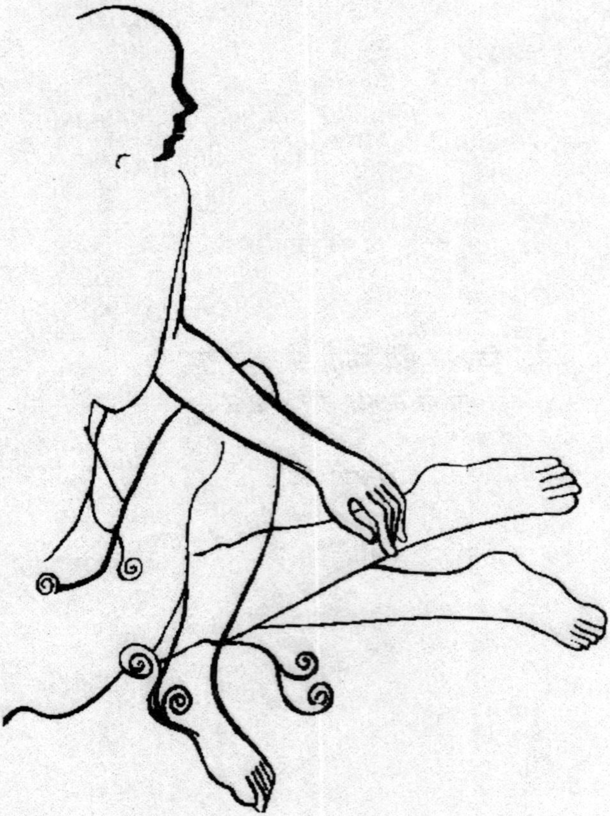

अनुक्रम

ईसा के घर इनसान

फाटक के ठीक सामने जेल था।

बरामदे में लेटी मिसेज़ शुक्ला की शून्य नज़रें जेल की ऊँची-ऊँची दीवारों पर टिकी थीं। मैंने हाथ की किताबें कुर्सी पर पटकते हुए कहा—"कहिए, कैसी तबीयत रही आज ?"

एक धीमी-सी मुस्कराहट उनके शुष्क अधरों पर फैल गई। बोलीं—"ठीक ही रही ! सरीन नहीं आई ?"

"मेरे दोनों पीरियड्स खाली थे सो मैं चली आई, सरीन यह पीरियड लेकर आएगी।" दोनों कोहनियों पर जोर देकर उन्होंने उठने का प्रयत्न किया, मैंने सहारा देकर उन्हें तकिए के सहारे बिठा दिया। एक क्षण को उनके ज़र्द चेहरे पर व्यथा की लकीरें उभर आईं। अपने-आपको आरामदेह स्थिति में करते हुए उन्होंने पूछा—"कैसा लग रहा है कॉलेज ? मन लग जायगा ना ?"

"हाँऽ...मन तो लग ही जाएगा। मुझे तो यह जगह ही बहुत पसन्द है। पहाड़ियों से घिरा हुआ यह शहर और एकान्त में बसा यह कॉलेज। जिधर नज़र दौड़ाओ ही हरा-भरा दिखाई देता है।" तभी मेरी नज़र सामने की जेल की दीवारों से टकरा गई। मैंने पूछा—"पर एक बात समझ में नहीं आई। यह कॉलेज जेल के सामने क्यों बनाया ? फाटक से निकलते ही जेल के दर्शन होते हैं तो लगता है, सवेरे-सवेरे मानो खाली घड़ा देख लिया हो; मन जाने कैसा-कैसा हो उठता है।"

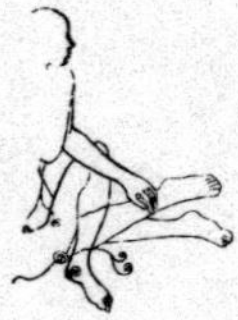

रूखे केशों की लटों को अपने शिथिल हाथों से पीछे करते हुए मिसेज़ शुक्ला की कान्तिहीन आँखें जेल की ऊँची-ऊँची दीवारों पर टिकीं। बोलीं—"सरीन जब आई थी तो उसने भी यही बात पूछी थी। पता नहीं क्यों कॉलेज के लिए यह जगह चुनी गई।" फिर उनकी खोई-खोई दृष्टि दीवारों में जाने क्या खोजने लगी। पैरों को कुछ फैलाकर उन्होंने एक बार फिर अपनी स्थिति को ठीक किया, और बोलीं—"तुम लोग जब कॉलेज चली जाती हो तो मैं लेटी-लेटी इन दीवारों को ही देखा करती हूँ, तब मन में लालसा उठती है कि काश ! ये दीवारें किसी तरह हट जातीं या पारदर्शक ही हो जातीं और मैं देख पाती कि उस पार क्या है ! सवेरे-शाम इन दीवारों को बेधकर आती हुई क़ैदियों के पैरों की बेड़ियों की झनकार मेरे मन को मथती रहती है और अनायास ही मन उन कैदियों के जीवन की विचित्र-विचित्र कल्पनाओं से भर जाया करता है। इस अनन्त आकाश के नीचे और विशाल भूमि के ऊपर रहकर भी कितना सीमित, कितना घुटा-घुटा रहता होगा उनका जीवन ! चाँद और सितारों से सजी इस निहायत ही खूबसूरत दुनिया का सौन्दर्य, परिवारवालों का स्नेह और प्यार, ज़िन्दगी में मस्ती और बहारों के अरमान क्या इन्हीं दीवारों से टकराकर चूर-चूर न हो जाया करते होंगे ? इन सबसे वंचित कितना उबा देनेवाला होता होगा इनका जीवन—न आनन्द, न उल्लास, न रस।" और एक गहरी निःश्वास छोड़कर वे फिर बोलीं—"जाने क्या अपराध किए होंगे इन बेचारों ने, और न जाने किन परिस्थितियों में वे अपराध किए होंगे कि यों सब सुखों से वंचित जेल की सीलन-भरी अँधेरी कोठरियों में जीवित रहने का नाटक करना पड़ रहा है..."

तभी दूधवाली के कर्कश स्वर ने मिसेज़ शुक्ला के भावना-स्रोत को रोक दिया। मैं उठी और दूध का बर्तन लाकर दूध लिया। मिसेज़ शुक्ला बोलीं—"अब चाय का पानी भी रख ही दो, सरीन आएगी तब

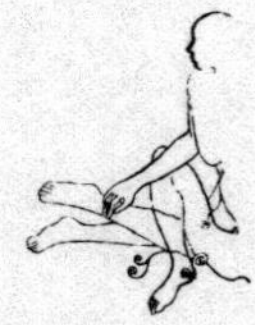

तक उबल जाएगा।'' मैं पानी चढ़ाकर फिर अपनी कुर्सी पर आ बैठी। बोली—''मदर ने आपको पूरी तरह आराम करने के लिए कहा है। आपकी जगह जिन्हें रखा गया है, वे कल से काम पर आने लगेंगी। आज शाम को शायद मदर खुद आपको देखने आएँ।''

''मदर यहाँ की बहुत अच्छी हैं रत्ना ! जब मैं यहाँ आई थी तब जानती हो, सारा स्टाफ नन्स का ही था। मेरे लिए तो यही समस्या थी कि इन नन्स के बीच में रहूँगी कैसे। पर मदर के स्वभाव ने आगा-पीछा सोचने का अवसर ही नहीं दिया, बस यहाँ बाँधकर ही रख लिया। फिर तो सरीन और मिश्रा भी आ गई थीं। मिश्रा गई तो तुम आ गईं।''

''मुझे तो सिस्टर ऐनी और सिस्टर जेन भी बड़ी अच्छी लगीं। हमेशा हँसती रहती हैं। कुछ भी पूछो तो इतने प्यार से समझाती हैं कि बस ! बड़ी अफ़ेक्शनेट हैं। हाँ, ये लूसी और मेरी जाने कैसी हैं ? जब देखो चेहरे पर मुर्दनी छाई रहती है, न किसी से बोलती हैं, न हँसती हैं।''

मिसेज़ शुक्ला ने पीछे से एक तकिया निकालकर गोद में रख लिया और दोनों कोहनियाँ उस पर गड़ाकर बोलीं—''ऐनी और जेन तो अपनी इच्छा से ही सब कुछ छोड़-छाड़कर नन बनी थीं, पर इन बेचारियों ने ज़िन्दगी में चर्च और कॉलेज के सिवाय कुछ देखा ही नहीं। कॉलेज के पीछेवाले चर्च में रहती हैं और कॉलेज में काम करती हैं, बस यही है इनका जीवन ! अब तुम्हीं बताओ, कहाँ से आए मस्ती और शोख़ी।''

''वाह, यह भी कोई बात हुई। सिस्टर जूली को ही लीजिए, वह भी उम्र में इनके ही बराबर होगी, पर चहकती रहती है। बातें करेगी तो ऐसी लच्छेदार कि तबीयत भड़क उठे। हँसेगी तो ऐसे कि सारा स्टाफ़-रूम गूँज जाए, उसका तो अंग-अंग जैसे थिरकता रहता है।''

"वह अभी नई-नई आई है यहाँ, थोड़े दिन रह लेने दो, फिर देखना, वह भी लूसी और मेरी जैसी ही हो जाएगी।" और एक गहरी साँस छोड़कर उन्होंने आँखें मूँद लीं। तभी सरीन हड़बड़ाती-सी आई और बोली—"ग़जब हो गया शुक्ला आज तो ! अब जूली का पता नहीं क्या होगा ?"

"क्यों, क्या हुआ ?" सरीन की घबराहट से एकदम चौंककर शुक्ला ने पूछा।

"जूली फ़ोर्थ इयर का क्लास ले रही थी। कीट्स की कोई कविता समझाते- समझाते जाने क्या हुआ कि उसने एक लड़की को बाँहों में भरकर चूम लिया। सारी क्लास में हल्ला मच गया और पाँच मिनिट बीतते-न-बीतते बात सारे कॉलेज में फैल गई। मदर बड़ी नाराज़ भी हुई और चिन्तित भी। जूली को उसी समय चर्च भेज दिया और वे सीधी फ़ादर के पास गईं।" और फिर बड़े ही रहस्यात्मक ढंग से उन्होंने शुक्ला की ओर देखा।

"लगता है, अब जूली के भी दिन पूरे हुए !" बहुत ही निर्जीव स्वर में शुक्ला बोलीं। मुझे सारी बात ही बड़ी विचित्र लग रही थी। लड़की-लड़की को किस कर ले ! जूली के दिन पूरे हो गए—कैसे दिन ? दोनों के चेहरों की रहस्यमयी मुद्रा...मैं कुछ समझ नहीं पा रही थी। पूछा—

"फ़ादर क्या करेंगे, कुछ सज़ा देंगे ?" मेरा मन जूली के भविष्य की आशंका से जाने कैसा-कैसा हो उठा।

"अभी-अभी तो रत्ना, जूली की ही बात कर रही थी और अभी तुम यह ख़बर ले आईं। सुनते हैं, जूली पहले जिस मिशनरी में थी, वहाँ भी इसने ऐसा ही कुछ किया था, तभी तो उसे यहाँ भेजा गया कि फिर कभी कोई ऐसी-वैसी हरकत करे तो फ़ादर का जादू का डंडा घुमवा दिया जाए।" और शुक्ला के पपड़ी जमे शुष्क अधरों पर

फीकी-सी मुस्कराहट फैल गई।

''ज़ादू का डंडा ? बताइए न क्या बात है ? आप लोग तो जैसे पहेलियाँ बुझा रही हैं।'' बेताब होकर मैंने पूछा।

''अरे, क्यों इतनी उत्सुक हो रही हो? थोड़े दिन यहाँ रहोगी तो सब समझ जाओगी। यहाँ के फ़ादर एक अलौकिक पुरुष हैं, एकदम दिव्य ! कोई कैसा भी पतित हो या किसी का मन ज़रा भी विकारग्रस्त हो, इनके सम्पर्क में आने से ही उसकी आत्मा की शुद्धि हो जाती है। दूर-दूर तक बड़ा नाम है इन फ़ादर का। बाहर की मिशनरीज़ से कितने ही लोग आते हैं फ़ादर के पास आत्म-शुद्धि के लिए।''

''चलिए, मैं नहीं मानती। मन के विकार भी कोई ठोस चीज़ हैं कि फ़ादर ने निकाल दिए और आत्म-शुद्धि हो गई।'' मैंने अविश्वास से कहा। कमरे से चाय के प्याले बनाकर लाती हुई सरीन से शुक्ला बोलीं–

''लो, इन्हें फ़ादर की अलौकिक शक्ति पर विश्वास ही नहीं हो रहा है।''

''इसमें अविश्वास की क्या बात है ? हमारे देश में तो एक-से-एक पहुँचे हुए महात्मा हैं, तुमने कभी नहीं सुना ऐसी महान आत्माओं के बारे में ?''

''सुनने को तो बहुत कुछ सुना है पर मैंने कभी विश्वास नहीं किया।''

''अच्छा, अब जूली को देख लेना, अपने आप विश्वास हो जाएगा। लूसी, जो आज इतनी मनहूस लगती है, यहाँ आई थी तब क्या जूली से कम चपल थी ? फिर देखो ! फ़ादर ने तीन दिन में ही उसका काया पलट कर दिया या नहीं ?'' शुक्ला ने सरीन की ओर देखते हुए जैसे चुनौती के स्वर में पूछा।

तभी डॉक्टर साहब आए। मिसेज़ शुक्ला ने इंजेक्शन लगाया और

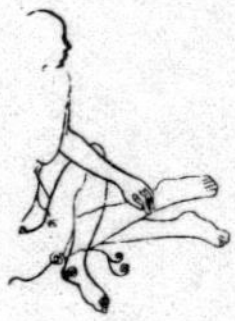

पूछताछ करने लगे। सरीन मुझे गरम पानी की थैली का पानी बदल देने का आदेश देकर नहाने चली गई। इंजेक्शन लगाने के बाद करीब घंटे-भर तक शुक्ला की हालत बहुत खराब रहती थी, मैंने उन्हें गर्म पानी की थैली देकर आराम से लिटा दिया। उनके चेहरे पर पसीने की बूँदें झलक आई थीं, उन्हें पोंछ दिया। वे आँखें बन्द करके चुपचाप लेट गईं।

मन में अनेकानेक प्रश्न चक्कर काट रहे थे और रह-रहकर जूली का हँसता चेहरा आँखों के सामने घूम रहा था। फ़ादर उसके साथ क्या करेंगे ? यह प्रश्न मेरे दिमाग़ को बुरी तरह मथ रहा था। मैंने दूर से फ़ादर को देखा है। ऊपर से नीचे तक सफ़ेद लबादा पहने वह कभी-कभी चर्च जाते हुए दीख जाया करते थे। इतनी दूर से चेहरा तो दिखाई नहीं देता था, पर चाल-ढाल से बड़ी भव्य मूर्ति लगते थे। मन श्रद्धा से भर उठे, ऐसे। फ़ादर में कौन-सी शक्ति है जो आत्मा की शुद्धि कर देती है, यही बात मेरी समझ में नहीं आ रही थी। अगले दिन जूली नहीं आई। मैंने सिस्टर ऐनी से कुछ पूछना चाहा तो उन्होंने धीरे-से अँगुली मुँह पर रखकर चुप रहने का आदेश कर दिया। मैंने देखा कि लूसी और मेरी इस घटना से काफ़ी सन्तुष्ट-सी नज़र आ रही थीं। कल से उनके खिजलाहट-भरे चेहरों पर हल्के से सन्तोष की झलक नज़र आ रही थीं। दो दिन और इसी प्रकार बीत गए, तीसरे दिन मैं कुछ जल्दी ही कमरे से रवाना होने लगी तो सरीन ने पूछा—"अरे, अभी से चल दी !"

"कुछ कॉपियाँ देखनी हैं, यहाँ लेकर नहीं आई, अब स्टाफ़-रूम में बैठकर ही देख लूँगी। आज नम्बर देने ही हैं।" और मैं चल पड़ी। यों हमारे कमरों और कॉलेज के बीच में भी एक छोटा-सा फाटक था, पर वह अक्सर बन्द ही रहा करता था सो मेन गेट से ही जाना पड़ता था। जैसे ही मैं कॉलेज के फाटक में घुसी, मैंने देखा—जूली चर्च का

मैदान पार कर नीची नज़रें किए धीरे-धीरे कॉलेज की तरफ़ आ रही है। एक बार इच्छा हुई कि दौड़कर उसके पास पहुँच जाऊँ, पर जाने क्यों पैर बढ़े ही नहीं। मैं जहाँ-की-तहाँ खड़ी रही। वह मेरे पास आई, पर बिना आँख उठाए, बिना एक भी शब्द बोले वैसी ही शिथिल चाल से गुज़र गई। मैं अवाक्-सी उसका मुँह देखती रही। दो दिन में ही क्या हो गया इस जूली को ? मैं नहीं जानती, फ़ादर ने उसके ऊपर जादू का डंडा घुमाया या उसे जन्तर-मन्तर का पानी पिलाया, पर जूली हँसना भूल गई। उसकी सारी शोखी, सारी हँसी, सारी मस्ती जैसे किसी ने सोख ली हो। उस दिन किसी ने जूली से बात नहीं की, शायद मदर का ऐसा ही आदेश था, पर जूली के इस नए रूप ने मेरे मन में विचित्र-सा भय भर दिया। लगता था जैसे जूली नहीं, उसकी ज़िन्दा लाश घूम रही है। सिस्टर ऐनी ने इतना ज़रूर कहा कि फ़ादर ने उसकी आत्मा को पवित्र कर दिया, उसकी आत्मा के विकार मिट गए; पर मुझे लगता था जैसे जूली की आत्मा ही मिट गई थी, मर गई थी।

अपने कमरे पर आकर मैंने मिसेज़ शुक्ला को सारी बात बताई तो बिना किसी प्रकार का आश्चर्य प्रकट किए वे बोलीं—

"मैं तो पहले ही जानती थी। पता नहीं, कैसी शक्ति है फ़ादर के पास।"

रात में सोई तो बड़ी देर तक दिमाग़ में यही सब चक्कर काटता रहा। कभी लूसी और कभी मेरी की शक्लें आँखों के सामने घूम जातीं। उन्हें देखकर लगता था मानो वे अपने से ही लड़ रही हैं, अपने को ही कुतर रही हैं, एक अजीब खिझलाहट के साथ, एक अजीब आक्रोश के साथ। कॉलेज की बड़ी लड़कियों को हँसी-ठिठोली करते देख उनके दिलों से बराबर ही सर्द आहें निकल जाया करती थीं। उनके जवान दिलों में उमंगों और अरमानों की आँधियाँ नहीं मचलती थीं और उनकी आँखों में वह कान्ति और चमक नहीं थी, जो इस उम्र की खासियत

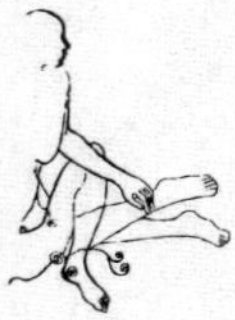

होती है। ऐसा लगता था—इनकी आँखें, आँखें न होकर दो कब्रें हैं जिनमें उनके मासूम दिलों की सारी तमन्नाओं को, सारे अरमानों को मारकर सदा-सदा के लिए दफ़ना दिया हो। पहले ये भी जूली जैसी ही चंचल थीं, तो अब जूली भी हमेशा के लिए ऐसी ही हो जाएगी ? और जूली का आज वाला रूप मेरी आँखों के सामने घूम जाता है। मैंने ज़ोर से तकिए में अपना मुँह छिपा लिया और इन सारे विचारों को दिमाग़ से निकालकर सोने की कोशिश करने लगी।

मैं नहीं जानती क्या हुआ, पर आँख खोली तो देखा मैं पसीने से तर थी और साँस ज़ोर-ज़ोर से ऊपर-नीचे हो रही थी। मिसेज़ शुक्ला मुझे पकड़े हुए थीं और बार-बार पूछ रही थीं—"क्या सपना देखकर डर गईं ?" एक बार तो भयभीत-सी नज़रों से मैं चारों ओर देखती रही, फिर कमरे की परिचित चीज़ों और मिसेज़ शुक्ला को देखकर आश्वस्त-सी हुई। "क्या हो गया ? क्यों चिल्लाई थीं इतनी ज़ोर से ? कोई सपना देखा था क्या ?"

उन्होंने फिर पूछा।

"हाँ ! मुझे ऐसा लगा कि एक बड़ी-सी सफ़ेद चिड़िया आकर मुझे अपने पंजे में दबोचकर उड़े जा रही है और उसके पंजों के बीच मेरा दम घुटा जा रहा है।"

"चलो, थी तो चिड़िया ही, चिड़ा तो नहीं था, तब कोई बात नहीं। चिड़ियाँ कहीं नहीं ले जाने की, ले जानेवाले तो चिड़े ही होते हैं।" हँसते हुए उन्होंने कहा !

"चलिए, आपको मज़ाक सूझ रहा है, यहाँ डर के मारे जान निकल गई। वह दम घुटने की फ़ीलिंग जैसे अभी भी है।"

मैंने पानी पिया और फिर सो गई।

और फिर वही ढर्रा चल पड़ा। जब कभी बाहर से कोई सिस्टर या ब्रदर आत्म-शुद्धि के लिए फ़ादर के पास आते तो सिस्टर ऐनी मुझे

यह ख़बर सुनाया करती थी। मैं बड़ी उत्सुकता से सारा क़िस्सा सुनती और विश्वास से अधिक आश्चर्य करती। सिस्टर ऐनी और जेन को मेरा यह अविश्वास करना अच्छा नहीं लगता था और उसे मिटाने के लिए ही वे और भी ज़ोर-शोर से, घंटों फ़ादर के अलौकिक गुणों का बखान करतीं। मन्दगति से चलती-फिरती फ़ादर की वह सौम्य मूर्ति मेरे लिए श्रद्धा से अधिक कौतूहल और भय का विषय बनी रही।

महीने-भर बाद एक दिन मदर ने मुझे बुलाया और बोलीं—"मैं चाहती हूँ कि नन्स के लिए भी हिन्दी पढ़ाने की कुछ व्यवस्था कर दी जाए। अब हिन्दी जानना तो सबके लिए बहुत ज़रूरी हो उठा है क्योंकि मीडियम भी हिन्दी हो रहा है, नहीं तो सारा स्टाफ़ हमें दूसरा रखना होगा। क्यों ?"

"तो आप सिस्टर्स के लिए भी एक क्लास खोल दीजिए, बहुत ही जल्दी सीख लेंगी। यों बोल तो सभी लेती हैं, लिखना-पढ़ना भी आ जाएगा।"

"इसीलिए तो तुम्हें बुलाया है। शुक्ला तो बीमारी से उठने के बाद काफ़ी कमजोर हो गई है, सो मैं उस पर यह बोझ डालना ठीक नहीं समझती। तुम शाम को एक घंटा चर्च में आकर सिस्टर्स को हिन्दी पढ़ाने का काम ले लो, उसके लिए तुम्हें अलग से पे किया जाएगा।"

चर्च में जाकर पढ़ाना होगा, यह बात सुनते ही एक बार मेरे सामने फ़ादर का चेहरा घूम गया। उनको और दूसरी नन्स को और अधिक निकट से जानने की लालसा को एक राह मिल रही थी। मैं बोल पड़ी—"मुझे कोई एतराज़ नहीं, मैं बड़ी खुशी से यह काम करूँगी।"

"तब पहली तारीख से शुरू कर दो !"

मदर के पास से लौटी तो देखा, सरीन और शुक्ला चाय पर बैठीं मेरा इन्तज़ार कर रही है। मैंने आकर उन्हें सारी बात बताई तो सरीन हँसकर बोली—"चलो, तुम तो सपने में भी फ़ादर को देखा करती थीं,

अब पास से देखना। बहुत कौतूहल है ना फ़ादर को लेकर तुम्हारे मन में।''

''फ़ादर अपनी कॉटेज में ही रहते हैं या चर्च जाते हैं ? सिस्टर्स के कमरों की तरफ़ तो वे शायद कभी जाते नहीं, तुम देखोगी क्या ?'' शुक्ला ने कहा।

''अरे, कभी चर्च में आते-जाते ही दीख जाया करेंगे।'' सरीन बोली। फिर एकाएक प्रसंग बदलकर कहा—''क्यों शुक्ला, आजकल तुमने एक नई बात मार्क की या नहीं ?''

''क्या ?'' मिसेज़ शुक्ला ने पूछा।

''लूसी में कोई चेंज नज़र नहीं आता ? आजकल उसके चेहरे पर पहले जैसी मुर्दनी नहीं छाई रहती। वह अनिमा है ना थर्ड इयर की, उसका भाई आजकल अक्सर कॉलेज में आया करता है, कभी कोई बहाना लेकर तो कभी कोई बहाना लेकर। बिज़िटर्स को अटैंड करने का काम लूसी पर ही है। मैं कई दिनों से नोटिस कर रही हूँ कि जिस दिन वह आता है, लूसी का मूड बड़ा अच्छा रहता है।''

''ख़याल नहीं किया, अब देखेंगे।'' शुक्ला ने कहा।

पता नहीं, मिसेज़ शुक्ला ने ख़याल किया या नहीं, पर मैंने इस चीज़ को अच्छी तरह से मार्क किया कि अनिमा का भाई सप्ताह में दो बार आ ही जाता है और काफ़ी देर तक वह उसके पास बैठती है। उसके जाने के बाद भी लूसी का मूड इतना अच्छा रहता है कि कोई हल्का-फुल्का मज़ाक भी कर लो तो बुरा नहीं मानती। पर जाने क्यों लूसी का यह नया रूप देखकर मेरा मन भर उठता। दो महीने पहले की हँसती, थिरकती जूली की तस्वीर आँखों के सामने नाच जाती और मैं सिहर उठती।

पहली तारीख की शाम को मैं चर्च गई। इसके पहले मैंने कभी चर्च की सरहद में पाँव नहीं रखा था। कॉलेज के दाहिनी ओर वाला

लम्बा मैदान पार करने पर एक नाला पड़ता था, वही चर्च और कॉलेज की विभाजक रेखा थी। उसे पार करके ही चर्च का मैदान आरम्भ होता था। चर्च के पीछे रैवरेंड फ़ादर और मदर के लिए दो छोटी सुन्दर कॉटेजेज़ बनी हुई थीं और बाईं ओर सिस्टर्स के लिए एक क़तार में कमरे बने हुए थे। कमरों के सामने लम्बा-सा बरामदा था, जाकर देखा कि क्लास के लिए उसी बरामदे में व्यवस्था की गई है। मैं पढ़ाने लगी। चर्च, कॉलेज और हमारे कमरों के सामने कोई तीन फ़ीट ऊँची लम्बी-सी दीवार थी, यों सबके प्रवेश-द्वार अलग-अलग थे, पर चर्च से कॉलेज जाने के लिए सब लोग नाला पार करके ही जाया करते थे। पढ़ाने बैठी तो फाटक की ओर ही मेरा मुँह था और अनायास ही यहाँ भी मेरी नज़रें सामने जेल की ऊँची-ऊँची दीवारों से टकराईं। ज़बर्दस्ती अपनी नज़रों को उस ओर से हटाकर मैंने पढ़ाना आरम्भ किया।

चर्च में सिस्टर्स को पढ़ाते-पढ़ाते मुझे क़रीब एक महीना हो गया था। रोज़ की तरह उस दिन भी जब मैं जाने लगी तो शुक्ला बोलीं—"आज ज़रा जल्दी आ सको तो अच्छा हो रत्ना ! बाज़ार चलेंगे। सरीन से कहा तो बोली कि उसे ज़रूरी नोट्स तैयार करने हैं, अकेले जाते मुझे अच्छा नहीं लगता, तुम आ जाना !"

"ठीक है, मैं जल्दी ही चली आऊँगी। आप तैयार रहिएगा, आते ही चल पड़ेंगे।" और मैं चल दी। चर्च के मैदान में पहुँचते ही किसी स्त्री के चीखने-चिल्लाने की आवाज़ें सुनकर एक क्षण को मैं स्तब्ध-सी खड़ी हो गई, सोचा जाऊँ या नहीं। पर मन का कौतूहल किसी तरह ठहरने नहीं दे रहा था। जैसे ही बरामदे में पैर रखा, मैं हैरत में आ गई। एक बहुत ही खूबसूरत नन हाथ-पैर पटक-पटककर बुरी तरह चिल्ला रही थी। सारी सिस्टर्स उसे सँभाले हुए थीं, मदर बड़ी बेचैनी से उसे शान्त करने की कोशिश कर रही थीं, पर वह थी कि चिल्लाए चली जा रही थी। तीन-चार सिस्टर्स ने उसे पकड़ रखा था, उसके

बावजूद वह बुरी तरह हाथ-पैर पटक रही थी। उसे मैंने जो पास से देखा तो लगा कि ऐसा रूप मैंने आज तक नहीं देखा। संगमरमर की तरह सफ़ेद उसका रंग था और मक्खन की तरह मुलायम देह। चेहरे पर ऐसा लावण्य कि उपमा देते न बने ! और उस लावण्यमय चेहरे पर वे दो नीली आँखें, जैसे समुद्र की गहराइयाँ उतर आई हों। मैं सच कहती हूँ कि यदि कोई एक बार भी उन नीली आँखों को देख ले तो कम-से-कम इस ज़िन्दगी में तो वह उन्हें चाहकर भी न भूल पाए। मेरे घुसते ही उसकी नज़र मेरी ओर घूम गई, मुझे लगा वे नीली आँखें मेरे शरीर को भेदकर मेरे मन को कचोटे डाल रही हैं। और फ़िर वह एकाएक चिल्ला उठी—''देखो कितनी सुन्दर साड़ी पहन रखी है इसने ! फिर हम क्यों अच्छे कपड़े नहीं पहनें ? हम इनसान नहीं हैं...? मैं नहीं रहूँगी यहाँ, मैं कभी नहीं रहूँगी। देखो मेरे रूप को...'' और वह अपने कपड़ों को बुरी तरह फाड़कर इधर-उधर करने लगी। सबने बड़ी मुश्किल से उसे सँभाला। मदर ने उसके कपड़ों को जल्दी से ठीक-ठाक कर दिया। वे बड़ी ही परेशान नज़र आ रही थीं। हाथ रुकने पर भी उसकी जीभ चल रही थी—''मैं अपनी ज़िन्दगी को, अपने इस रूप को चर्च की दीवारों के बीच नष्ट नहीं होने दूँगी। मैं जिन्दा रहना चाहती हूँ, आदमी की तरह ज़िन्दा रहना चाहती हूँ। मैं इस चर्च में घुट-घुटकर नहीं मरूँगी...मैं भाग जाऊँगी, मैं भाग जाऊँगी...।''

तभी बाहर से सिस्टर ऐनी हड़बड़ाती-सी आई—''फ़ादर ने एकदम बुलाया है, चलिए इसे वहीं ले चलिए !'' सबने मिलकर उसे ज़बर्दस्ती उठाया। वह चिल्लाती जा रही थी—''मैं फ़ादर को भी दिखा दूँगी कि ज़िन्दगी क्या होती है, यह सब ढोंग है—मैं यहाँ नहीं रहूँगी...आधी से अधिक सिस्टर्स उसे उठाकर ले गईं। जो बची थीं, उनमें से इस घटना के बाद कोई भी इस मूड में नहीं थी कि बैठकर पढ़ती। सो मैं लौट जाने को घूमी तो देखा कि इस सबसे दूर एक खिड़की के सहारे लूसी

खड़ी है। उसके चेहरे पर एक विशेष प्रकार की चमक आ गई थी, जैसे मन-ही-मन वह इस सारी घटना से बड़ी प्रसन्न हो।

मन में अपार विस्मय, भय और दुख लेकर मैं लौटी तो शुक्ला बोलीं—"लो, तुम तो अभी से लौट आईं, अभी तो मैं तैयार भी नहीं हुई।"

"आज क्लास ही नहीं हुई।" और मैंने सारी बातें उन्हें बताईं। मैं जितनी इस घटना से विचलित हो रही थी, वे उतनी नहीं हुईं। स्वाभाविक से स्वर में बोलीं—"शायद बाहर से कोई सिस्टर आई होगी ! क्या बताएँ, इन बेचारियों की ज़िन्दगी पर भी बड़ा तरस आता है।"

रात-भर मेरे दिमाग़ में उस नई सिस्टर का खूबसूरत चेहरा और उसका चीखना-चिल्लाना गूँजता रहा। वह फ़ादर के पास भेज दी गई है। अब फ़ादर उसका क्या करेंगे, शायद जूली की तरह उसके हृदय का यह बवंडर भी सदा-सदा के लिए शान्त हो जाएगा और फिर ज़िन्दगी-भर उसका यह चाँद को लजानेवाला रूप चर्च की दीवारों के बीच ही घुट-घुटकर नष्ट हो जाएगा और वह अपनी इस बर्बादी पर एक ठंडी साँस भी नहीं भर सकेगी। दूसरे दिन स्टाफ़-रूम में घुसते ही सबसे पहले मेरी नज़र लूसी पर पड़ी। बिना पूछे ही बड़े उत्साह से उसने मुझे कल की बात बताई—

"जानती हो, यह जो नई सिस्टर आई है, इसका नाम एंजिला है। कहते हैं यह चर्च से भाग गई थी, पर फिर पकड़ ली गई। इसके बाद पागलों जैसा व्यवहार करती थी, सो इसे फ़ादर के पास भेज दिया। देखा कितनी खूबसूरत है ?" और एक सर्द-सी आह उसके मुँह से निकल गई।

"अब क्या होगा ? फ़ादर आखिर करते क्या हैं ?"

"देखो क्या होता है ? आज तो मदर भी नहीं आईं। कल से वे

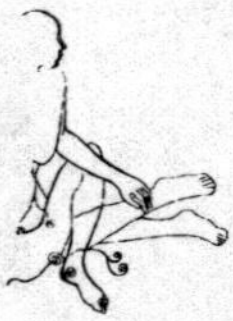

फ़ादर की कॉटेज़ पर ही हैं। सुनते हैं एंजिला क़ाबू में नहीं आ रही है, उसका पागलपन वैसे ही ज़ारी है। हम लोगों को भी उधर जाने की इजाज़त नहीं है।''

दो दिन तक कॉलेज के वातावरण, विशेषकर स्टाफ़-रूम के वातावरण में एक विचित्र प्रकार का तनाव आ गया। कोई किसी से कुछ नहीं बोलता। बस मैं, शुक्ला और सरीन आपस में ही थोड़ा-बहुत बोल लेते थे, बाकी सारी सिस्टर्स तो ऐसे काम कर रही थीं मानो मौन-व्रत ले रखा हो; जैसे ऑपरेशन-रूम में कोई बहुत बड़ा ऑपरेशन हो रहा हो और बाहर नर्सें व्यस्त, चिन्तित-सी, परेशान इधर-उधर घूम रही हों। उनकी हर बात से ऐसा लग रहा था जैसे कह रही हों—चुप. ..चुप ! शोर मत करो, ऑपरेशन बिगड़ जाएगा ! मदर थोड़ी देर के लिए कॉलेज आतीं और ज़रूरी काम करके चली जाती थीं। हाँ, लूसी मौक़ा पाकर और एकान्त देखकर चुपचाप यह ख़बर दे देती थी कि एंजिला किसी प्रकार शान्त नहीं हो रही है, फ़ादर और मदर सबकुछ करके हार गए। यह कहते समय लूसी का मन प्रसन्नता से भर उठता था, मानो फ़ादर की नाक़ामयाबी पर उसे परम सन्तोष हो रहा है।

चौथे दिन सवेरे मैं और मिसेज़ शुक्ला घूमने निकले तो देखा, सामने से एंजिला चली आ रही है। मैं देखते ही पहचान गई। बिल्कुल स्वस्थ, स्वाभाविक गति से वह चल रही थी। पास आते ही मैं पूछ बैठी—''सिस्टर एंजिला ! आप कहाँ जा रही हैं ?''

एक क्षण को एंजिला रुकी, मुझे पहचानने का प्रयास-सा करते हुए बोली—''मुझे कोई नहीं रोक सकता, जहाँ मेरा मन होगा, मैं जाऊँगी। मैंने तुम्हारे फ़ादर...'' फिर सहसा ओंठ चबाकर बात तोड़कर वह बोली—''अब वे कभी ऐसी फ़ालतू की बातें नहीं करेंगे।'' और एक बार अपनी नीली आँखों से उसने भरपूर नज़र मेरे चेहरे पर डाली, सिर को हल्का-सा झटका दिया और एक ओर चली गई। मैं अवाक्-सी

उसकी ओर देखती रही।

"यही है एंजिला ?" शुक्ला ने पूछा।

"हाँ, पर यह तो जा रही है, किसी ने इसे रोका नहीं ?"

"फ़ादर का जादू-मन्तर इस पर चला नहीं दीखता है। बड़ी खूबसूरत है। आँखें तो ग़ज़ब की है, बस देखने लायक !"

पर मिसेज़ शुक्ला की बातें मेरे कानों में ही नहीं पहुँच रही थीं। मैं कभी दूर जाती एंजिला को और कभी मौन, शान्त खड़ी चर्च की इमारत को देख रही थी। मेरा मन हो रहा था कि दौड़कर चर्च पहुँच जाऊँ और लूसी को बुलाकर सारी बातें पूछ लूँ। लौटते समय भी मैंने चर्च के मैदानों पर नज़र दौड़ाई, पर वहाँ सभी कुछ शान्त था, जैसे कुछ हुआ ही नहीं हो। बड़ी मुश्किल से उस दिन दस बजे। समय उस दिन जैसे सरकना ही नहीं चाहता था। दस बजे मैं एक तरफ़ दौड़ पड़ी और स्टाफ़-रूम से लूसी को घसीटकर पीछे लॉन में चली गई। लूसी स्वयं सबकुछ बताने के लिए भरी बैठी थी। लॉन में पहुँचते ही बोली—"एंजिला चली गई, फ़ादर कुछ नहीं कर सके। उनकी खुद की तबीयत बड़ी खराब हो रही है। मदर उनकी देखभाल कर रही हैं। सवेरे तो हम लोग भी वहाँ गए थे। कमरे में तो नहीं जाने दिया हमें, पर बाहर से फ़ादर को देखा था। फ़ादर हम सब पर भी बड़ा रौब जमाया करते थे, एंजिला ने उनका नशा डाउन कर दिया।" फिर दोनों हाथों की मुट्ठियाँ भींचकर उसने मन के छलकते आनन्द पर जैसे क़ाबू पा लिया। "एंजिला को सुधार नहीं सके, अपनी इस असफलता का ग़म उन्हें बुरी तरह साल रहा है, आत्म-ग्लानि से बार-बार उनकी आँखों में आँसू आ रहे हैं, मदर बड़ी परेशान और दुखी हैं, उन्हें बहुत तसल्ली दे रही हैं। बार-बार ईसा मसीह से उनकी शान्ति के लिए प्रार्थना भी कर रही हैं।" और एक बड़ी ही व्यंग्यात्मक मुस्कराहट उसके होंठों पर फैल गई।

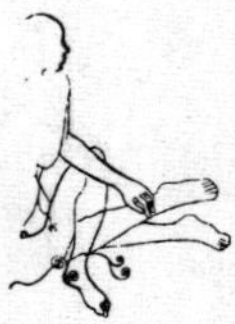

इसके तीसरे दिन ही रात में सबकी आँख बचाकर, चर्च की छोटी-छोटी दीवारों को फाँदकर कब और कैसे लूसी भाग गई, कोई जान ही नहीं पाया।

बड़ी विचित्र स्थिति थी उस समय वहाँ की। एंजिला फ़ादर की उस अलौकिक शक्ति को जैसे चुनौती देकर चली गई, जिसके बल पर उन्होंने कितने ही पतितों की आत्मा शुद्ध की थी। फ़ादर इस असफलता पर आत्म-ग्लानि के मारे मरे जा रहे थे। मदर बेहद परेशान थीं। कभी फ़ादर के पास, कभी क़ॉलेज तो कभी चर्च में दौड़ती फिर रही थीं। तभी लूसी और भाग गई। एक तो चर्च जैसी पवित्र जगह, फिर लड़कियों का कॉलेज, क्या असर पड़ेगा इस घटना का लड़कियों पर !

दो दिन बाद ही चर्च और कॉलेज के चारों ओर की दीवारें ऊँची उठने लगीं और देखते-ही-देखते चारों ओर ऊँची-ऊँची दीवार खिंच गईं।

गीत का चुम्बन

कनिका की गाड़ी जब माथुर साहब के बँगले के सामने रुकी तो एक बार उसका मन हुआ, वापस लौट जाए। पता नहीं, कौन-कौन लोग आए होंगे, कैसे वह सबसे बात करेगी ? मौसी भी कभी-कभी बेहद ज़्यादती कर बैठती हैं। माथुर साहब ने बुला ही लिया तो कोई बहाना भी तो बनाया जा सकता था। फिर मैं कहाँ की कलाकार—यों ही थोड़ा-बहुत गा लेती हूँ तो मौसी समझती हैं भारी गवैया हो गई। माथुर साहब ने महज़ जान-पहचान की वजह से बुला लिया, नहीं तो ऐसे समारोह में जहाँ शहर के कवि, साहित्यिक, चित्रकार और गायक जुटेंगे, वहाँ मेरी क्या बिसात भला ? तभी उसे माथुर साहब फाटक की ओर आते दिखाई दिए—अब उतरने के सिवाय कोई चारा नहीं था। साड़ी का पल्ला ठीक किया, दोनों हाथ पीछे ले जाकर एक बार जूड़े को ठीक किया और कनिका उतर पड़ी।

"हलोऽऽ, कौन कुन्नी ! आ गई ? आओ—आओ।" और वे कनिका को लेकर उल्टे पैरों लौट पड़े। शरमाती-झेंपती कनिका उनके पीछे चली तो पर मन अब भी उसका मौसी को बुरी तरह कोस रहा था। हॉल में पार्टी का आयोजन किया गया था और सारी व्यवस्था से लग रहा था कि पार्टी काफ़ी शानदार होगी। काफ़ी लोग जुट चुके थे। कनिका अपने को सबकी नज़रों से बचाती, नीची नज़रें किए सीधे मिसेज़ माथुर के पास पहुँच गई। पीठ थपथपाकर बड़े दुलार से उन्होंने

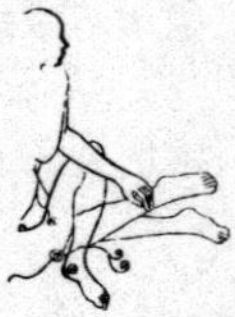

स्वागत किया। फिर पास बैठे हुए एक-दो व्यक्तियों से परिचय करवाया—"ये हैं निखिल चौधरी, हमारे शहर के प्रसिद्ध कवि, और यह है हमारी कनिका, दुलार से जिसे हम कुन्नी कहते हैं। गाती बड़ा अच्छा है, पर इतनी शर्मीली कि क्या बताऊँ!" नमस्कारों का आदान-प्रदान हुआ। किसी दिन निखिल चौधरी के सामने वह यों बैठ सकेगी, इसकी कल्पना भी उसने नहीं की थी। कितने सुन्दर गीत लिखता है यह चौधरी। तभी उसके कानों में आवाज़ पड़ी—"आज तो आप गीत सुनाएँगी ना ?"

"हाँ-हाँ, सुनाएगी क्यों नहीं ? और तुम्हारा ही लिखा हुआ गीत सुनाएगी। तुम्हारे बहुत से गीत गाती है यह, सुनोगे तो लगेगा कि तुम्हारे गीतों में जैसे जान डाल दी है।" कनिका अपनी यह प्रशंसा सुनकर पानी-पानी हुई जा रही थी। तभी चाय सर्व की गई, खाने-पीने का दौर चला। हँसी-मज़ाकों के बीच प्लेटें-पर-प्लेटें साफ़ होने लगीं। खाने-पीने की समाप्ति के साथ ही माथुर साहब ने बड़े ही थोड़े और सधे हुए शब्दों में आज के इस आयोजन का मक़सद ज़ाहिर किया। इसके बाद कवियों ने कविताएँ पढ़ीं, गायकों ने गीत गाए, गज़लें गाईं। कनिका को यह सब बड़ा अच्छा लगा—मौसी पर अभी तक जो आक्रोश था—धीरे-धीरे दूर हो गया। कितना अच्छा हो यदि वह भी ऐसे लोगों में बराबर मिला-जुला करे तो। तभी पास बैठे हुए निखिल ने कहा—"अब तो आप कुछ सुनाइए।" और इसके पहले कि वह कुछ आनाकानी करती, मिसेज़ माथुर ने खड़े होकर उसका परिचय करवाते हुए घोषणा कर दी कि वह गा रही है। मजबूरन कनिका को गाना पड़ा। उसने निखिल का ही गीत गाया, ऐसा गीत जिसकी कड़ी-कड़ी में दर्द बसा हुआ था और अपने स्वर के भीगेपन से उस दर्द को उसने कई गुना बढ़ा दिया था। अभी तक के गाए हुए गीतों में वही गीत सर्वश्रेष्ठ रहा हो सो बात तो नहीं थी, फिर भी निखिल को वह गीत

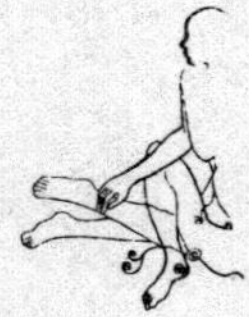

बहुत अच्छा लगा, क्योंकि वह उसका लिखा हुआ था। उसे लगा कि गीत लिखते समय कभी-कभी वह मन के भावों को व्यक्त करने में शब्दों की बड़ी कमी महसूस करता है, कनिका ने मानो अपने दर्दीले स्वर से उस कमी को पूरा कर दिया। कनिका के गले से निकलकर जैसे उसके गीत ने पूर्णता प्राप्त कर ली।

जब कनिका घर के लिए रवाना हुई तो उसे निखिल से आश्वासन मिल चुका था कि समय मिलते ही वह उसके घर ज़रूर आएगा। और पाँचवें दिन ही निखिल कनिका के ड्राइंग-रूम में मौसी और कनिका के बीच बैठा इस तरह घुल-मिलकर बातें कर रहा था मानो अर्से का जाना-पहिचाना हो। उस दिन वह इतना जान पाया कि बचपन में ही माँ के मर जाने से मौसी ने ही कनिका को पाला है और वे इसे अपने बच्चों से भी अधिक प्यार करती हैं। पहले दिन कनिका जितनी शर्मीली नज़र आ रही थी, वास्तव में उतनी शर्मीली वह थी नहीं। आज वह खूब खुलकर बात कर रही थी, हँस रही थी। कनिका ने बिना अधिक आग्रह और मनुहार के ही कई गीत सुनाए, जिसमें दो गीत निखिल के लिखे हुए भी थे। निखिल ने कहा–

"आप रेडियो पर क्यों नहीं गाती ?"

"हाय राम ! रेडियो पर और मैं !"

"क्यों, खासा अच्छा गाती हैं आप। थोड़ी प्रैक्टिस करें तो और अच्छा गा सकती हैं। लगता है अपने गाने के मामले में आप सीरियस नहीं हैं।"

"अरे बिल्कुल भी नहीं। न कभी प्रैक्टिस करेगी, न कभी किसी के सामने गाएगी, यह तो मैं हूँ कि पीछे पड़ी रहती हूँ।" मौसी कनिका की प्रशंसा से बड़ी प्रफुल्ल हो रही थीं। फिर स्वर से उलहाने का पुट हटाकर उसे और अधिक नरम बनाकर बोलीं–"तो तुम सोचते हो कि यह रेडियो पर गा सकती है ? मैं भी कहती हूँ कि ज़रूर गा सकती

है। तुम कोशिश करो न कुछ हो सके तो।''

''इसमें कोशिश की क्या बात है ? आप इसी बुधवार को चलिए, मैं ऑडीशन करवा दूँगा, बस फिर आपके पास कांट्रेक्ट्स आ जाया करेंगे। अच्छे गानेवालों की तो बड़ी माँग है।''

एक दिन की बातचीत से ही निखिल अपने को उस घर में काफ़ी घुला-मिलाकर चला गया। कनिका तीन दिन तक रियाज़ करती रही और बुधवार के लिए उसने एक भजन और एक गीत तैयार किया। निश्चित समय पर निखिल आया और कनिका को ले गया, और पन्द्रह दिन बाद से ही कनिका के पास कांट्रेक्ट्स आने लगे। इसके बाद निखिल के आग्रह और बढ़ावे से उसने दो-तीन बार सांस्कृतिक समारोह में भी गाया। वे गीत निखिल ने स्वयं चुनकर दिए थे और अपने सामने बिठाकर कई बार पहले गवाए थे। तीन महीने के अन्दर ही कनिका का नाम काफ़ी फैल गया। कनिका और मौसी जानती थीं कि इसका सारा श्रेय निखिल को ही है। निखिल के कई गीतों को उसने स्वरबद्ध किया, और कनिका की कला से प्रभवित होकर निखिल ने कई नए गीतों की सृष्टि की। दोनों की कला एक-दूसरे का आसरा पाकर जैसे निखर रही थी। जैसे-जैसे दोनों की कला निखर रही थी, दोनों की निकटता भी बढ़ती जा रही थी।

कनिका की एम.ए. की परीक्षा समाप्त हो चुकी थी। आजकल वह छुट्टी के मूड में थी। सूरज ढल चुका था, बाहर लॉन पर बैठी वह शून्य की ओर ताक रही थी। चेहरे से लग रहा था जैसे वह कुछ सोच रही है। तभी अपने कन्धों पर किसी के हाथ का स्पर्श पा वह चौंक गई। घूमकर देखा तो निखिल खड़ा था।

''कहाँ गुम हो गए थे चार-पाँच दिन से ?'' स्वर में उलाहना स्पष्ट था।

''अरे, कुछ न पूछो। तीन-चार मित्र आ धमके, बस उन्हीं को लिए

घूम रहा था। अभी सबको गाड़ी में बिठाकर सीधा तुम्हारी हाज़िरी में चला आ रहा हूँ।'' और निखिल सामनेवाली कुर्सी पर डट गया।

''तुम क्या करती रही इन दिनों ? कितने गानों की ट्यून की ?''

''मुझे क्या ट्यून करने की मशीन समझ रखा है ? बस, सारे दिन गाने ही बनाए जाओ, हाँऽऽ नहीं तो !''

''बिल्कुल ! तुम्हारा तो काम ही यही होना चाहिए। अच्छा, मैं अपने गीतों की नई किताब दे गया था, उसमें से कितने गीत स्वरबद्ध कर लिए ?''

''एक भी नहीं, एक भी नहीं ! न किए और न करने का इरादा ही है। जानते हो, मैं आजकल एकदम छुट्टी के मूड में हूँ, बस उपन्यास पढ़ने दो, गाना-वाना बन्द !''

''सुनूँ ज़रा कौन-कौन से उपन्यास पढ़ डाले ?''

''सात-आठ पढ़ डाले।'' और फिर दोनों में पढ़े हुए उपन्यासों पर से होती हुई चर्चा आ लगी स्त्री-पुरुष के सम्बन्धों पर। पढ़े हुए सभी उपन्यासों की विषय-वस्तु भी करीब-करीब यही थी। निखिल इस मामले में काफी उदार दृष्टिकोण रखता था और स्त्री-पुरुष के सभी प्रकार के सम्बन्ध उसकी दृष्टि में जायज़ और नैतिक थे। कनिका का एक ही तर्क था—''बातें हम कितनी ही बड़ी-बड़ी बना लें निखिल दा ! पर व्यवहार में आगे नहीं बढ़ पाते हैं। आप जो यहाँ बैठकर इतनी लम्बी-चौड़ी बातें बघार रहे हैं, मान लो, कल को आपकी बीवी आए और किसी दूसरे पुरुष के साथ वह अपना शारीरिक सम्बन्ध रखे तो बर्दाश्त कर सकेंगे आप ? यों ड्राइंग-रूम में बैठकर बातें बनाना बड़ा सरल होता है। पर वे बातें भर-ही रहती हैं, कोरे सिद्धान्त !''

''बड़ी बुद्धू लड़की हो तुम ! अरे, कोई बात पहले चर्चा का विषय ही तो बनेगी, हम विवाद कर-करके जब उसको पचा लेंगे तभी तो व्यवहार में ला सकेंगे। हर बात व्यावहारिक रूप लेने से पहले तो महज़

चर्चा का विषय रहेगी ही !"

"सो सब हम नहीं जानते, इतना जानते हैं कि स्त्री-पुरुषों के सम्बन्ध में एक मर्यादा अवश्य रहनी चाहिए। यों बैठकर मैं भी चाहे कह दूँ कि क्या है, जो कुछ है सभी नैतिक है, पर जानती हूँ कि बात चाहे कितनी बड़ी कर दूँ, व्यावहारिक रूप से एक क़दम भी आगे नहीं बढ़ा जाएगा !"

"दक़ियानूस जो हो। ज़रा-सी बात तुम्हारी समझ में आ जाए तो सारी समस्या ही न हल हो जाए। जब तक कोई बात अमल में नहीं आती तभी तक वह हौवा, अनैतिक, नाजायज़, पाप—जो कुछ भी कहो, बनी रहती है। अरे आज से दस साल पहले जिस प्रकार हम बैठकर बात कर रहे हैं, इस प्रकार बात करना ही बड़ा कुकर्म समझा जाता था, क्योंकि उस समय लड़के-लड़की मिलते नहीं थे। आज कुछ नहीं लगता क्योंकि फ्री मिक्सिंग आज आम बात है। इसी प्रकार और आगे बढ़ जाओ ! शारीरिक सम्बन्ध का जहाँ तक सवाल है, उस पर भी यही चीज़ लागू है। शरीर को झुठलाया तो नहीं जा सकता—उसकी चेतना को तो भुलाया ही जा सकता है उसे पाकर ! विदेशों में सेक्स को लेकर इस प्रकार से टेबूज़ नहीं हैं, क्यों ?"

"अरे चलो, हमें बहस करनी नहीं आती ! आप लोग तो उलटे-सीधे तर्क रखकर ऐसी बात सिद्ध कर देते हैं जिसमें आपका स्वार्थ सिद्ध हो जाए।"

"बहस करना नहीं आता तो सीखो, या फिर बुद्धिमानों की बात मान लिया करो ! और रही स्वार्थ की बात सो सरासर ग़लत। तुम सोचती हो कि ऐसे सम्बन्धों से जो कुछ मिलता है केवल पुरुष को ही मिलता है, स्त्री को कुछ नहीं मिलता ? मैं ऐसी अनेक लड़कियों को जानता हूँ, जो समझ लो कि ज़रा-सा लिफ्ट दो तो बस गले ही पड़ जाएँ।"

"बाज़ारू औरतों की बात कर रहे हो ?"

"बाज़ारू क्यों ? घरेलू, शरीफ़ खानदान की। तुम जानती क्या हो ?"

तभी गाड़ी आकर रुकी और मौसी उतरीं। निखिल और कुन्नी भी मौसी के साथ-साथ अन्दर चले गए। थोड़ी देर तक निखिल इधर-उधर की बातें करता रहा और चला गया। कुन्नी देर तक बिस्तरे पर पड़ी-पड़ी आज की हुई बहस पर विचार करती रही। एक बात उसके दिमाग़ में जमती चली जा रही थी कि जो बात प्रैक्टिस में आती जाती है फिर उस की चेतना भी लुप्त हो जाती है और वह अपने-आप ही नैतिकता की सीमा में चली आती है। उसे याद आया, पहली बार निखिल ने जब उसका हाथ पकड़ लिया था तो उसे बड़ा अटपटा-सा लगा था, पर आज कुछ नहीं लगता। निखिल दुलार से उसके गले में भी हाथ डाल देता है, तब भी उसे कुछ नहीं लगता बल्कि इस बात पर सोचना भी उसे अपनी संकीर्णता लगती है। उसकी विचारधारा ने एक और करवट ली—मान लो निखिल कोई हरकत कर बैठे तो ? तब भी क्या उसे बुरा नहीं लगेगा ? पर निखिल के प्रति उसके विश्वास ने जैसे जवाब दिया—जो चीज़ उसे गवारा न गुज़रे, वह निखिल कभी कर नहीं सकता। इसी उधेड़बुन में पड़े-पड़े जाने कब वह सो गई।

निखिल के दिए हुए एक बहुत ही दर्दनाक गीत को तीन दिन के प्रयत्न के बाद उसने स्वरबद्ध किया था। सवेरे से वह उसी गीत को गुनगुना रही थी और प्रतीक्षा कर रही थी कि कब निखिल आए और वह उसे गीत सुनाकर निहाल कर दे। सन्ध्या को निखिल के आते ही बड़े ज़ोर से बारिश शुरू हो गई। कुन्नी ने कमरे के सारे खिड़की-दरवाज़े बन्द कर दिए, जिससे वर्षा की टिप्-टिप् में उसका स्वर न टूट जाए। बहुत विभोर होकर उसने वह गीत गाया, जैसे अपने प्राणों का समूचा दर्द, सारी व्यथा, सारी कसक उसमें उड़ेलकर रख दी हो। उसके मन

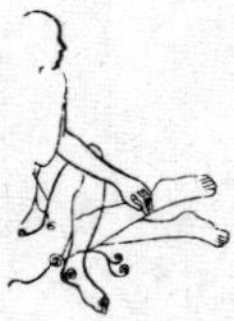

के भाव उसके चेहरे पर भी साकार हो उठे थे। उसकी आँखें मुँदी हुई थीं और स्वर में हल्का-सा कम्पन था। निखिल को लगा कि उस गीत को सुनकर वह गश खा जाएगा, पागल हो जाएगा। मन्त्रमुग्ध-सा वह बैठा रहा। गीत समाप्त हो गया पर दोनों पर जैसे नशा-सा छा गया था। दो क्षण के सन्नाटे के बाद निखिल ने देखा कि कुन्नी वैसी ही बैठी है, मानो अभी भी गा रही हो। अपने आसपास के वातावरण से बेख़बर, गीत में खोई हुई-सी। पहली बार उसे लगा कि वह अपने पर क़ाबू नहीं कर पा रहा है। जाने किस आवेश में वह उठा और सामने बैठी हुई कुन्नी को बाँहों में भरकर चूम लिया। एक झटके के साथ कुन्नी की सारी चेतना लौट आई और छिटककर वह दूर जा खड़ी हुई। उसका रोम-रोम गुस्से से काँपने लगा। जिस निखिल पर उसे इतना विश्वास था, जिसे वह इतना स्नेह करती थी वह...वह ऐसी हरकत करे ! उसका सिर भन्ना गया।

"यह क्या किया तुमने ? बदतमीज़ कहीं के !" और तपाक् से एक चाँटा मार दिया।

सकपकाए-से स्वर में निखिल ने कहा—"नाराज़ हो गईं, इतनी-सी बात से ?"

"तुम्हारे लिए यह ज़रा-सी बात होगी, मेरे लिए नहीं। तुमने मुझे क्या ऐसी-वैसी लड़की ही समझ रखा है ? जानते नहीं, मुझे यह सब ज़रा भी पसन्द नहीं, ज़रा भी नहीं।"

इधर-उधर की दो-एक बातें करके निखिल ने वातावरण के तनाव को कम करने का प्रयत्न किया, पर सब बेकार। कुन्नी का क्रोध बढ़ता ही जा रहा था। निखिल बरसते पानी में लौट गया—कुन्नी ने रोका भी नहीं। जाते हुए निखिल को वह देखती रही, पर भावना-शून्य नज़रों से। एक ही बात उसके दिमाग़ में फिरकी की तरह चक्कर मार रही थी—निखिल ने ऐसा क्यों किया—क्यों किया ऐसा ? कितना विश्वास

था उसे निखिल पर। मौसी भी कितना विश्वास करती थीं, नहीं तो यों आज़ादी के साथ घूमने-फिरने देतीं भला ! रात को वह सोने गई तो गुस्से के आवेग के मारे उसे रोना आ गया। तकिए में मुँह छिपाकर वह रोती रही। बार-बार उसे अपने होंठों पर, जिन पर कभी किसी के गर्म श्वास तक का स्पर्श नहीं हुआ था, एक अजीब प्रकार की जलन-सी महसूस होती और वह ज़ोर से अपने होंठ काट लेती। रोते-रोते जाने कब वह सो गई। सवेरे उठी तो मन का विषाद बहुत कुछ धुल चुका था पर खिन्नता अभी भी ज्यों-की-त्यों थी। मन पर जैसे किसी ने बोझ रख दिया हो। वह सदा की तरह प्रसन्न और प्रफुल्ल नहीं हो पा रही थी। बार-बार वह यही सोचती थी कि क्या लड़के और लड़कियों की मित्रता का अन्त इसके अतिरिक्त और कुछ हो ही नहीं सकता ! सन्ध्या होते-होते वह सदा की तरह निखिल की प्रतीक्षा करने लगी। उसने सोच रखा था कि आज वह स्पष्ट रूप से कह देगी कि जो हुआ सो तो हुआ पर आगे से कभी ऐसी हरकत नहीं होनी चाहिए, और जो हुआ उसे वह भूल जाने की चेष्टा करेगी। पर निखिल आया ही नहीं। ज्यों-ज्यों समय बीतता जाता था उसकी बेचैनी बढ़ती जाती थी। बड़ा अनमना-अनमना वह महसूस कर रही थी। निखिल आया क्यों नहीं ? उसे आना तो चाहिए था। शायद कोई काम हो गया हो, उसने अपने मन को तसल्ली दी। पर जब दूसरे दिन भी निखिल नहीं आया तो व्याकुल हो उठी। किसी तरह रात तक तो वह अपने को सँभाले रही, पर रात होते ही उसे लगा कि उसके हृदय में एक बवंडर-सा उठ रहा है। कुछ है, जो उसे मथे डाल रहा है और दिल की वह घुटन, वह व्यथा, आँसुओं के रूप में फूट पड़ी। गुस्सा आज भी उसे आ रहा था पर निखिल के ऊपर नहीं, अपने ऊपर। निखिल न आया तो ठीक ही तो किया, आखिर उसका भी अपना आत्म-सम्मान है। मैंने ही कौन-सी शराफ़त बरती थी उसके साथ। मान

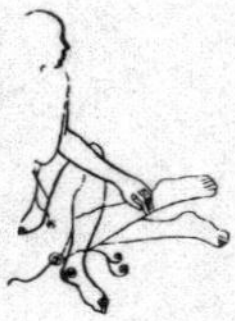

लो, उसने कोई बेजा हरकत कर ही दी थी तो मुझे तो इतनी बदतमीज़ी से पेश नहीं आना चाहिए था। कल वह आएगा तो मैं ही माफी माँग लूँगी। किस प्रकार सारी बात वह करेगी और मामले को साफ़ कर लेगी, यही सब वह सोचती रही। रह-रह कर निखिल के वे सारे उपकार भी याद आते, जिनकी वजह से उसकी शोहरत इतनी फैल गई थी। निखिल नहीं होता तो कौन उसे जानता, कहीं कोने में पड़ी सड़ती रहती।

दूसरे दिन शाम को निखिल आया। वह अपने कमरे में कुर्सी पर बैठी शून्य आँखों से बाहर की ओर देख रही थी। निखिल को देखते ही एक बार वह सबकुछ भूलकर स्वागत के लिए दौड़ पड़ी, पर न निखिल ने उसके गले में हाथ डाला, न ही उसका हाथ पकड़कर दबाया। बहुत ही रूखे ढंग से उसने कहा—"मैं तुमसे माफ़ी माँगने आया हूँ कुन्नी ! उस दिन पता नहीं मुझे क्या हो गया था।"

"बहुत बुरा मान गए मेरी बात का ना ! पर सच कहती हूँ, मैंने बुरा नहीं माना।"

"तुमने क्या माना सो तो उस दिन ही मैं जान गया, अब मुझे खुश करने के लिए अपने को झुठलाओ मत।"

"ओह, मैं तुम्हें कैसे समझाऊँ निखिल दा कि मैं ज़रा भी नाराज़ नहीं हूँ। तुम्हें विश्वास नहीं होता तो लो, तुम्हें छूकर क़सम खा लेती हूँ।" और कुन्नी ने छूने के लिए जैसे ही अपना हाथ बढ़ाया, निखिल ने अपने को पीछे हटाते हुए कहा—"अरे रहने दो। तुम कहती हो तो तुम्हारी बात ही बहुत है।"

कुन्नी का आगे बढ़ा हुआ हाथ यों ही वापस लौट आया। उसके मन को एक ठेस-सी लगी। इधर-उधर की दो-चार बातें करके और अपने मद्रास जाने की सूचना देकर निखिल चलने को हुआ। कुन्नी का मन भर आया। कैसे वह निखिल को रोक ले, उसे प्रसन्न कर ले,

उसके मन के विषाद को धो दे—पर वह कुछ भी करती, उसके पहले ही वह कुर्सी से उठ खड़ा हुआ। कुन्नी उसके साथ-साथ चल रही थी। जाने किस आशा से, पर निखिल जो चला तो मुड़कर देखा भी नहीं। कुछ क्षण को कुन्नी खोई-खोई-सी खड़ी रही, जैसे उसका सबकुछ लुट गया हो और फिर कटे वृक्ष की भाँति पलंग पर औंधी गिरकर फूट-फूटकर रोने लगी। उसे यही ग़म था कि निखिल उसके गुस्से को क्यों नहीं समझ पाया। आखिर उसके इतने वर्षों के संस्कार एकदम मिट तो नहीं सकते थे ना, गुस्सा आ गया तो क्या ग़लत था ? फिर जब वह स्वयं इस बात को जानता है कि व्यवहार में आने पर ही किसी चीज़ की चेतना लुप्त होती है, तब उसने मेरे व्यवहार का बुरा क्यों माना ? पहली बार की वैसी ही प्रतिक्रिया क्या स्वाभाविक नहीं थी ? वह फूट-फूटकर रो रही थी और कभी अपने को कोसती थी तो कभी निखिल को। उस रात वह सारे समय करवटें बदलती रही, सिसकियाँ भरती रही। उसके हाथ, उसकी गर्दन, किसी के मधुर स्पर्श के लिए तड़प-तड़प उठते थे। उसके कुँआरे अतृप्त होंठ जाने किस लालसा से बार-बार फड़क उठते थे, जिन्हें वह अपनी जीभ से चाट-चाटकर और दाँतों से काट-काटकर भी किसी प्रकार तृप्त नहीं कर पा रही थी।

सप्ताह-भर बाद उसे निखिल का पत्र मिला। लिफ़ाफ़ा देखकर ही उसका मुर्झाया मन हरा हो गया। उसने काँपते हाथों से पत्र खोला। लिखा था—

प्रिय कुन्नी

यों तो चलने से पहले मैं तुमसे माफ़ी माँग आया था पर यहाँ आने पर फिर पत्र लिखने की इच्छा हो रही है। अपने उस दिन के व्यवहार से मैं बेहद लज्जित हूँ। बात यह है कुन्नी कि आज तक मैं जितनी भी लड़कियों के सम्पर्क में आया हूँ, सबने मेरी ऐसी हरकतों

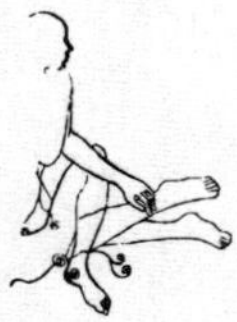

का स्वागत किया है, बल्कि यों कहूँगा कि मुझे ऐसी हरक़त करने के लिए प्रेरित किया है। मुझे अफ़सोस है कि मैंने तुम्हें भी उन साधारण लड़कियों की कोटि में ही समझ लिया, पर तुमने अपने व्यवहार से सचमुच ही बता दिया कि तुम ऐसी-वैसी लड़की नहीं हो। साधारण लड़कियों से भिन्न हो, उनसे उच्च, उनसे श्रेष्ठ। सच, तुमने मेरी आँखें खोल दीं कि शारीरिक सम्बन्ध के परे भी लड़के-लड़की की मित्रता का कोई और आधार हो सकता है, और इसीलिए मुझे उस दिन का अपना व्यवहार कचोटे जा रहा है। मुझे तुम पर ज़रा भी गुस्सा नहीं, अपने पर ही ग्लानि है। पर इतना याद रखना कि ग़लती इनसान से ही होती है और मैं भी इनसान हूँ।

इतना लिखने के बाद तुम मुझे अवश्य माफ़ कर दोगी।

इसी उम्मीद के साथ

निखिल

आँसू-भरी आँखों के आगे पत्र के शब्द अस्पष्ट से अस्पष्टतर होते चले जा रहे थे और कुन्नी के हाथ काँप रहे थे। वह पत्र शायद पूरा पढ़ भी नहीं पाई और गुस्से में उसने उसके टुकड़े-टुकड़े कर दिए—साधारण लड़कियों से श्रेष्ठ, उच्च ! बेवकूफ़ कहीं का—वह बुदबुदाई और उन टुकड़ों को झटके के साथ फेंककर तकिए में मुँह छिपाकर सिसकती रही, सिसकती रही।

जीती बाज़ी की हार

कॉलेज में तीन लड़कियाँ आईं। नाम थे आशा, नलिनी और मुरला। अन्य लड़कियों से दूर, तीनों ने अपनी अलग ही दुनिया बना ली। फुर्सत के समय या तो तीनों पुस्तकालय में बैठी रहतीं या पढ़ी हुई पुस्तकों पर बहस करतीं। कवि, लेखक, उपन्यासकार सभी उनकी आलोचना का शिकार बनते और आलोचना भी ऐसी-वैसी नहीं, उसमें मौलिकता रहती थी, उनका अपना-अपना दृष्टिकोण रहता था—जो सुनता, दाद दिए बिना नहीं रहता। वैसे तो सभी विषयों की ओर उनकी रुचि थी, फिर भी साहित्य की ओर कुछ अधिक झुकाव था। पढ़ना-लिखना और बहस करना इसके अतिरिक्त इन बुद्धिजीवी लड़कियों की रुचि और किसी में नहीं थी। साज-शृंगार की ओर से, जो इस उम्र की लड़कियों की रुचि का मुख्य विषय रहता है—ये तीनों कितनी उदासीन थीं, इसका अनुमान उनके बिखरे बालों और कपड़ों से सहज ही लगाया जा सकता था। सिलाई, बुनाई और कढ़ाई—जो लड़कियों का अवकाश बिताने का मुख्य साधन रहा करते, कभी भी उन्हें अपनी ओर आकर्षित नहीं कर सके थे। शादी, सिनेमा, कपड़ों का लेटेस्ट फैशन—जो लड़कियों की चर्चा का मुख्य विषय रहा करते थे, इनसे कोसों दूर थे। कॉलेज में कुछ लड़कियाँ विवाहित भी थीं। वे सदैव अपने-अपने पतियों की रुचि-अरुचि का बखान करती रहती थीं और ग्रामोफोन-रेकॉर्ड की तरह उनके विचारों को ही उगला करती

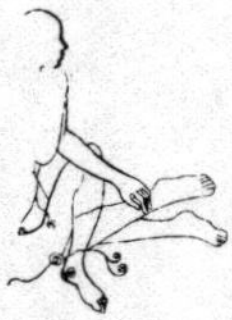

थीं। ऐसी लड़कियों पर इन तीनों को बेहद तरस आता था—ऐसा तरस जिसमें उनके प्रति सहानुभूति की अपेक्षा अपने अहम् की भावना ही अधिक रहती थी। एक पढ़ी-लिखी लड़की किस प्रकार अपने विचारों और व्यक्तित्व को शून्य में बदलकर इस प्रकार पति के रंग-में-रंग सकती है, यह बात इन बुद्धिजीवी और अपने ही व्यक्तित्व के भार से दबी लड़कियों के लिए कल्पनातीत थी। अन्य लड़कियों के हीनता की भावना से भरे जीवन पर सदा ही ये तरस खाया करतीं। शायद शिक्षा का ऐसा दुरुपयोग उन्हें तरस खाने पर मज़बूर कर देता था।

पूरा एक वर्ष व्यतीत हो गया। कॉलेज के जीवन में ये लोग बहुत घुल-मिल तो नहीं पाईं पर इन्होंने ख्याति बहुत प्राप्त कर ली—कुछ अपने असाधारण व्यक्तित्व के कारण, कुछ अपनी विद्वता के कारण। गर्मियों की छुट्टियों में तीनों घूमने चली गईं। तीनों में पत्र-व्यवहार चलता रहा। पत्रों का मुख्य विषय रहता—पढ़ी हुई पुस्तकों की समालोचना। छुट्टियाँ व्यतीत करके तीनों लौट आईं, पर इस बार आशा और मुरला ने देखा कि नलिनी कुछ बदल गई है। बात करते-करते वह शून्य की ओर देखने लगती है तो देखती ही रहती है। अगर किताब खोलकर बैठती है तो बैठी ही रहती है। एक घंटे बाद भी जाकर देखो तो उसकी पृष्ठ संख्या नहीं बदलती। पढ़ने में उसकी तबीयत ही नहीं लगती, मन बस उचटा-उचटा रहता है। और अन्त में एक दिन उसने बताया कि उसका सम्बन्ध पक्का हो गया है और जल्दी ही उसे शादी भी करनी पड़ेगी। उसके कहने के ढंग से लग रहा था कि उसमें उत्साह की अपेक्षा विवशता अधिक है। मुरला तो मानो आसमान से गिर पड़ी, प्रश्नों की बौछार-सी कर दी। सब उत्तरों का सारांश यही था कि घर का वातावरण देखते हुए वह जानती थी कि शादी उसे करनी ही पड़ेगी और इसीलिए जब उसे अपने अनुकूल पात्र नज़र आया तो स्वीकृति दे दी। अपने अनुकूल पात्र के विषय

में उसने बताया कि वह विश्वविद्यालय में प्रोफ़ेसर हैं, स्वतन्त्र प्रकृति के व्यक्ति हैं, और सभी कुछ बस अच्छा ही है।

मुरला को नलिनी का विवश भाव से यह सब मान लेना पसन्द नहीं आया। वातावरण क्या ख़ाक करेगा, अपनी इच्छा न हो तो घर का वातावरण क्या, वह तो दुनिया को बदल दे। नलिनी बिना बी. ए. की परीक्षा दिए ही विवाह करके चली गई। पुस्तकें सब साथ ढोकर ले गई कि पढ़ाई करके वह मार्च में परीक्षा देने ज़रूर आएगी। पर मार्च में उसके स्थान पर उसका एक भूला-भटका-सा पत्र आया कि अवकाश के अभाव में वह तैयारी नहीं कर सकी। अतः वह इस साल परीक्षा नहीं देगी। मुरला और आशा को उसके अमूल्य एक वर्ष की बर्बादी पर बेहद दुख हुआ और आश्चर्य भी कि ऐसी क्या समय की कमी आ पड़ी थी जो वह पढ़ाई नहीं कर सकी। उनके विचार से तो पढ़ाई के लिए सब काम छोड़े जा सकते थे।

पूरे डेढ़ वर्ष बाद नलिनी अपनी पाँच महीने की कन्या को लेकर आई। मुरला और आशा ख़बर मिलते ही उससे मिलने गईं। उस समय वह शायद कहीं बाहर जाने को तैयार खड़ी थी। वेश-भूषा देखकर एक बार तो उन्हें अपनी आँखों पर विश्वास नहीं हुआ, पर अविश्वास करने का कोई कारण भी नहीं था। वह ऊपर से नीचे तक सजी-सँवरी, लिपी-पुती बिल्कुल गुड़िया लग रही थी। नलिनी तो देखते ही दोनों से लिपट गई पर मुरला तो आश्चर्य के मारे अपनी स्वाभाविकता को ही खो बैठी थी। वह सोच रही थी कि जिस नलिनी ने कभी भूलकर भी अच्छी साड़ी नहीं पहनी, अपने को सजाया नहीं, वही यह सजना-सजाना कैसे सीख गई। और शायद मन-ही-मन वह अनुमान भी लगा रही थी उस समय का, जो इस प्रसाधन में उसने व्यर्थ गँवाया होगा।

नलिनी नें उनके हाल-चाल पूछे, कॉलेज के हाल-चाल पूछे, और

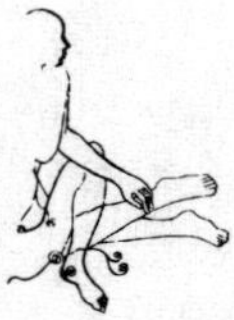

फिर अपने हाल-चाल का ब्यौरा आरम्भ किया। कितना समय वह घर सँभालती है, कितना समय बच्ची पर देती है, फिर शाम को क्लब जाती है। क्लब के जीवन पर भी उसने प्रकाश डाला। फिर बताया कि वह आजकल केवल किताबी कीड़ा ही नहीं रही, काफ़ी काम की लड़की हो गई है। उसने सिलाई सीख ली है और घर पर ही सिलाई करके काफ़ी किफ़ायत कर लेती है। घर के बाद पति का नम्बर आया तो विद्यार्थियों की समस्याओं पर, आधुनिक शिक्षा-प्रणाली के दोषों पर, अनुशासन की कमी पर एक सधा-सधाया भाषण ठोंक दिया—कुछ इस भाव से मानो उसके पति नहीं, वह स्वयं ही प्रोफ़ेसर हो और रोज़ ही इन समस्याओं का सामना करती हो। साथ ही यह बताने में भी नहीं चूकी कि विद्यार्थियों में उसके पति कितने लोकप्रिय हैं।

पति के बाद बच्ची का नम्बर आया। बच्ची को गोदी में लेकर उसने उसकी अदाओं की, उसकी समझदारी की बातों का जो सिलसिला आरम्भ किया तो वह यह भूल ही गई कि ज़रा यह भी तो देख ले कि सामनेवाले भी उसमें रुचि ले रहे हैं या नहीं। परिणाम यह हुआ कि आशा और मुरला ने उकताहट भरे स्वर में कहा, "अब चलेंगे" और दोनों उसे घर आने का निमन्त्रण देकर चल दीं।

बाहर निकलते ही आशा ने कहा, "मेरा घर, मेरा पति, मेरी बच्ची ! मानो इसके अतिरिक्त और कुछ है ही नहीं दुनिया में। उस पाँच महीने के मांस के लोथड़े में उसे जाने कहाँ की समझ और होशियारी दिखाई दे रही थी। बुरी तरह 'बोर' कर दिया।" नलिनी जैसी लड़की भी इस तरह बदल सकती है, पुस्तकों से नाता तोड़ परिवार की सीमा में बँध सकती है, यह उनके लिए आश्चर्य ही नहीं, घोर दुख का कारण भी था।

दोनों ने एम.ए. का प्रथम वर्ष समाप्त किया। अब द्वितीय वर्ष की तैयारी थी। इस बार दोनों ने निश्चय किया कि वे युनिवर्सिटी का

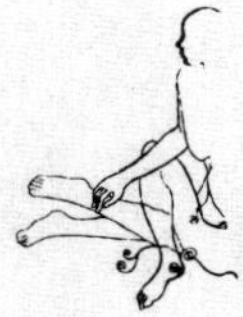

प्रथम और द्वितीय स्थान अपने हाथ से नहीं जाने देंगी और इसीलिए वे गर्मियों में बाहर भी नहीं गईं। पर दीवाली की छुट्टियों में आशा ने बताया कि उसे एक सप्ताह के लिए मामा के यहाँ जाना ही है। माँ का आग्रह और मामा की मनुहार वह टाल नहीं सकती।

सप्ताह-भर पढ़ने लायक पुस्तकें लेकर वह मामा के यहाँ चली गई। पहुँचने के दूसरे दिन ही मामा ने उसका परिचय वहाँ के एक कवि से करवाया। साहित्यिक रुचि होने के कारण दोनों में जल्दी ही बातों का सिलसिला जम गया। आशा ने महसूस किया कि व्यक्ति प्रभावशाली है, प्रतिभा सम्पन्न है, उसकी बातों में सत्य है, और कहने का ढंग ऐसा कि वह अपनी बात मनवा ही लेता है। कवि महाशय रोज़ सन्ध्या को आते, घंटों बैठते, साहित्य पर लम्बी-लम्बी बहस होती। कविता पाठ होता। उस समय आशा एक-दूसरे ही लोक में होती। आशा ने महसूस किया कि वह कवि की प्रतीक्षा बड़ी उत्सुकता से करती है, देरी होने से कुछ बेचैनी-सी भी महसूस करती है। साथ ही उसने यह भी महसूस किया कि कवि की बातों में, उसके व्यक्तित्व में पुस्तकों की अपेक्षा कुछ अधिक आकर्षण है। वह स्वयम् अपने मनोभाव में भारी परिवर्तन महसूस करने लगी। अब चाहकर भी बिखरे बालों और अस्त-व्यस्त कपड़ों में कवि के सामने नहीं आ पाती। कभी उमंग में वह बालों में फूल भी लगा लिया करती थी। मामा ने लक्ष्य किया तो समझ गए कि लक्षण शुभ हैं। दोनों को काफ़ी निकट लाकर, अपना उद्देश्य पूरा करके उन्होंने आशा को रवाना कर दिया !

एम.ए. की परीक्षा समाप्त करते ही आशा विवाह करके चली गई। मुरला अकेली रह गई। मुरला के जीवन में ऐसा कोई परिवर्तन नहीं आया था। वही घर, वही यूनिवर्सिटी, वही पुस्तकालय। फिर वह अपने जीवन से सन्तुष्ट ही नहीं, पूर्ण रूप से सन्तुष्ट थी। उसे ऐसे परिवर्तन की आवश्यकता भी नहीं थी।

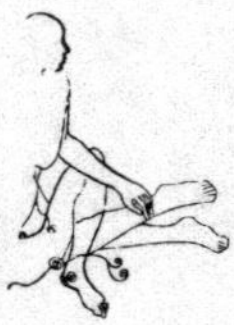

एम.ए. में मुरला सारी यूनिवर्सिटी में प्रथम आई। बधाइयों और प्रशंसाओं का समा बँध गया। अखबारों में उसका नाम छपा, साथ ही यह भी छपा कि देश को ऐसी लड़कियों पर नाज़ है। कुछ युवकों ने विवाह की इच्छा भी प्रकट की, पर उसने साफ़ इन्कार कर दिया। माँ-बाप ने बहुत समझाया कि वह जिससे भी चाहे विवाह कर ले पर उसने साफ़ कह दिया कि वह विवाह को बन्धन समझती है, विवाह के परिणाम बच्चों को उन्नति का बाधक समझती है। सचमुच ही उसके मन में इन सबके लिए कभी लालसा नहीं जागी।

अपनी प्रशंसा से उत्साहित होकर उसने विश्वविद्यालय में शोधकार्य आरम्भ कर दिया। सारे समय वह पुस्तकालय में पुस्तकों से उलझी रहती। पुस्तकें ही उसका सर्वस्व थीं। एक वर्ष में उसने अपनी थीसिस के दो अध्याय पूरे कर लिए। आजकल वह तीसरे अध्याय की तैयारी में थी। एक दिन हाथ में पुस्तकों का ढेर सँभाले वह पुस्तकालय से घर की ओर जा रही थी कि अचानक आशा का छोटा भाई मिला। उसने बताया कि सामनेवाले अस्पताल में ही आशा के एक लड़का हुआ है। यों आए तो उसे एक महीना हो गया था पर शर्म के मारे उसने किसी को बताया नहीं। मुरला सीधी अस्पताल में पहुँची। इतनी ढेर किताबों के साथ मुरला को देख आशा ने हँसते हुए पूछा, "आओ पंडिता ! और कितने मीर मार लिए ?" मुरला ने कहा, "अरे मीर तो तुम मारो, हम क्या करेंगे !"

इसके बाद बहुत-सी बातें हुईं। मुरला ने अपनी थीसिस के बारे में एक विस्तृत वक्तृता झाड़ी तो आशा ने खेद प्रकट करते हुए कहा कि उसकी पढ़ाई करीब-करीब छूट ही गई थी, अब बच्चे की वजह से शायद एकदम ही छूट जाए। उसके बाद उसने बताया कि उसके पति के कितने काव्य-संग्रह छप चुके और कितनी-कितनी प्रशंसा हुई। प्रकाशकों को कोसने से भी बाज़ न आई। कागज़ न मिलने से कितना

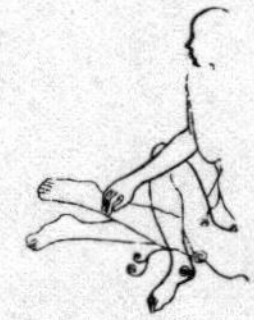

काम रुका पड़ा है, यह भी बताया।

तब उसकी नज़र पालने में पड़े बच्चे की ओर गई। उसकी आँखों से वात्सल्य टपक रहा था। उसने कहा कि ज्योतिषी ने बताया है कि उसका बेटा बड़ा होनहार है। उस पाँच दिन के बच्चे को लेकर वह जितना कुछ कह सकती थी, उसने कहा। तभी मुरला को याद आया कि नलिनी की पाँच महीने की बच्ची जिस आशा को मांस का लोथड़ा प्रतीत हो रही थी, उसी आशा को अपना केवल पाँच दिन का बच्चा भी कितना चंचल और होनहार दिखाई दे रहा है।

अन्त में आशा ने कहा—"अच्छा, अब यह बता कि तू शादी कब कर रही है ?"

"वह सब तुम लोगों को ही मुबारक हो। शादी करके मैं अपने व्यक्तित्व को नहीं बेच सकती।" मुरला ने कहा।

"एक समय मैं भी ऐसा ही सोचती थी, पर अब नहीं। यदि तू शादी को व्यक्तित्व बेचना ही समझती है तो इतना मैं भी अवश्य कहूँगी कि जिस क़ीमत पर हम व्यक्तित्व बेचते हैं वह इतनी अवश्य होती है कि सौदा घाटे का नहीं रहता। फिर बच्चे ! अब सोचती हूँ, शायद बच्चों के बिना जीवन अधूरा ही रहता है !" आशा का विभोर कथन था।

मुरला ठठाकर हँस पड़ी—"वाह रे अम्माजी ! तू तो ऐसे बोल रही है जैसे दस-पाँच बच्चों की माँ हो। पाँच दिन से माँ बनी है और मुझे जीवन की पूर्णता-अपूर्णता समझा रही है !"

आशा मुस्कराई, "तू लाख बातें बघार, यह मैं शर्त बदकर कह सकती हूँ कि शादी तुझे करनी ही पड़ेगी और तू करेगी भी। अभी ज़रा बहुत तारीफ़ हो गई है न। उसी जोश में फूली फिर रही है। यह उबाल ठंडा होते ही शादी के लिए जान निकलने लगेगी, समझी !"

"क्यों क़यामत आई है तेरी। जानती है, किससे शर्त लगा रही

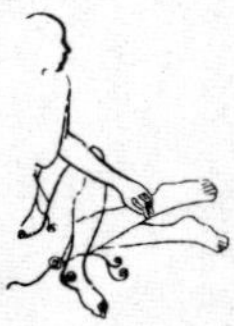

है ? यह मुरला है मुरला !''—बड़े चुनौती भरे स्वर में कहा मुरला ने।

''मुरला हो चाहे कोई, इतना जानती हूँ कि जिससे शर्त लगा रही हूँ वह सबकुछ होकर भी नारी है। और नारी को एक साथी चाहिए, एक सहारा चाहिए, परिवार चाहिए और चाहिए बच्चे। उच्च-से उच्च शिक्षा भी उसकी इस भावना को नहीं कुचल सकती।'' बड़े निर्णायक से स्वर में बोली आशा।

मुरला खीझ गई—''क्या दक़ियानूसी लोगों जैसी बातें करती है। सहारा उसे चाहिए जो अपने को अबला समझे ! मैं सबला हूँ, मुझे किसी का सहारा नहीं चाहिए। बच्चों को तो मैं अपनी उन्नति का बाधक समझती हूँ। अच्छा छोड़ यह बात—जीत गई तो क्या देगी ?''

आशा ने कहा—''तू जीत नहीं सकेगी मुरला ! और जीत गई तो जो माँगेगी सो दूँगी। तू कुछ भी माँग लेना।''

इसके बाद इधर-उधर की बातें करके मुरला निकली तो उसे जाने कैसा-कैसा लग रहा था। कहने को वह बहुत कुछ कह आई थी, पर वह स्वयम् महसूस कर रही थी कि एक अजीब-सा सूनापन उसके हृदय में भर रहा है। पहली बार उसे पुस्तकों का बोझ कुछ असह्य-सा प्रतीत हुआ। एक अजीब-सी कल्पना उसके मस्तिष्क में दौड़ गई कि उन किताबों के स्थान पर उसके हाथ में भी आशा के बच्चे की तरह एक कोमल गुदगुदा-सा बच्चा हो तो ! पर दूसरे ही क्षण उसने अपनी मूर्खता-पूर्ण भावना को कमज़ोरी कहकर अपने बुद्धि के अंकुश से दबा दिया। घर जाकर उसने देखा कि पड़ोसी की बच्ची उसके कमरे में कागज़ इधर-उधर कर रही है। उसने बिना मतलब उसके एक चाँटा जमा दिया और हाथ पकड़कर कमरे से निकाल बाहर किया। बच्ची इस अप्रत्याशित मार से इतनी सहम गई कि रो भी नहीं पाई, भयभीत-सी भाग गई। मुरला उसे देखती रही—उसे मारकर ही उसे लग रहा था जैसे उसने आशा से शर्त जीत ली।

पन्द्रह वसन्तों ने आँख-मिचौनी की...

मुरला आज भी अविवाहित थी और शिक्षा-विभाग के एक ऊँचे पद पर पहुँच गई थी। वह एक सभा का सभापतित्व करने इलाहाबाद गई कि अचानक उसकी भेंट आशा से हो गई। आशा उसे मय सामान के अपने घर घसीट ले गई। दो दिन मुरला उसके यहाँ रही। उसे आशा का घर, उसके तीनों बच्चे—सभी कुछ बहुत अच्छा लगा। आशा की पाँच वर्ष की छोटी बच्ची दो दिन में ही मुरला से हिल-मिल गई। इन दो दिनों में दुनिया-भर की बातें हुईं पर किसी ने भी उस शर्तवाली बात को नहीं चलाया। तीसरे दिन मुरला जानेवाली थी। उस दिन आशा ने कहा—"मुरला, शर्त की बात तुझे शायद याद होगी। मैं हार गई, अब तू जो चाहे माँग ले, मैं दूँगी। सच पूछे तो अपनी इस हार में भी मुझे प्रसन्नता है।"

मुरला ने हँसते हुए कहा—"देख हार गई ना !" पर उसके स्वर में विजय का उल्लास न था। "अच्छा जा, छोड़ा—मुझे कुछ नहीं चाहिए !"

आशा ने कहा—"नहीं, नहीं ! तुझे माँगना ही होगा। जो चाहे सो माँग ले।" मुरला एक क्षण को खामोश रही, फिर बोली—"अच्छा माँग लूँ, इनकार तो नहीं करेगी ?"

आशा हँसी—"अरे माँग ले ना। बहुत बड़ा दिल पाया है, फिर तू तो यों भी कुछ माँग ले तो मना न करूँ, और अभी तो हारकर बैठी हूँ, किस मुँह से मना करूँगी।"

मुरला ने पास बैठी हुई आशा की सबसे छोटी लड़की को पास खींचकर प्यार करते हुए कहा—"तो अपनी यह बिटिया मुझे दे दे।"

एक कमज़ोर लड़की की कहानी

जैसे ही रूप ने सुना कि उसका स्कूल छुड़वा दिया जाएगा, वह मचल पड़ी—"मैं नहीं छोड़ूँगी स्कूल। मैं साफ़-साफ़ पिताजी से कह दूँगी कि मैं घर में रहकर नहीं पढ़ूँगी। घर में भी कहीं पढ़ाई होती है भला ! बस, चाहे कुछ भी हो जाए, मैं यह बात तो मानूँगी ही नहीं। आजकल कुछ बोलती नहीं हूँ तो इसका मतलब तो यह नहीं कि जिसकी जो मर्ज़ी हो वही करता चले।" वह मुट्ठियाँ भींच-भींचकर संकल्प करती रही और पिता के आने की राह देखती रही। सन्ध्या को जैसे ही पिताजी आए, वह सारा साहस बटोरकर, अपने को खूब दृढ़ बनाकर उनके कमरे की तरफ़ चली। जैसे ही कमरे में घुसी उसके पिताजी बोल पड़े—

"देखो रूप बिटिया, मैंने तुम्हारे लिए एक अच्छे से मास्टरजी की व्यवस्था कर दी है, वे कल से ही तुम्हें पढ़ाने आएँगे। आजकल यों भी स्कूलों में क्या होता-जाता है, सिवाय ऊधम धाड़े के। घर में ही मन लगाकर पढ़ोगी तो दो घंटे में ही चार घंटे की पढ़ाई कर लोगी। और फिर हमारी रूप बिटिया बुद्धिमान भी तो बहुत है, दो साल में ही बस मैट्रिक हो जाएगी। क्यों, ठीक है ना ?"

रूप को लगा कि उसकी सारी दृढ़ता, सारा संकल्प बहा चला जा रहा है। उसके मुँह से केवल इतना ही निकला—"जी ठीक है।" और वह लौट आई। कमरे में आकर वह बहुत रोई, अपने को बहुत

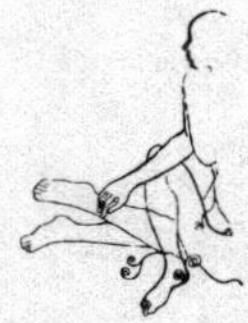

कोसा—क्यों नहीं मैंने साफ़-साफ़ कह दिया, क्यों मान गई मैं पिताजी की बात। पर उसके मन की बात उसके मन में ही घुटकर रह गई, उसे कोई जान भी नहीं पाया। दूसरे दिन से ही मास्टरजी पढ़ाने के लिए आने लगे और वह पढ़ने लगी।

आज से तीन साल पहले रूप बड़ी जिद्दी, बड़ी हठीली लड़की थी। तीन साल पहले अचानक हार्ट-फ़ैल हो जाने के कारण उसके सिर से माँ का साया सदा के लिए उठ गया था। साल-भर बीतते-न-बीतते उसके पिताजी ने उसके लिए नई माँ की व्यवस्था तो कर दी, पर उसका मुरझाया मन फिर हरा न हो सका। अपनी माँ के असीम प्यार में रहने के बाद जब एकाएक उसे नई माँ के कठोर नियन्त्रण में रहना पड़ा तो वह इतनी डर गई, इतनी सहम गई कि उसका सारा उल्लास, सारी चंचलता, सारे हौसले मर गए। दस वर्ष की नन्हीं रूप जैसे प्रौढ़ हो गई हो। पर इस प्रौढ़ता में भी कभी-कभी उसका बचपना झाँक जाता था, कभी-कभी ज़िद पकड़कर बैठ जाने की उसकी इच्छा होती थी, लेकिन...

दूसरे दिन से मास्टरजी आने लगे और वह पढ़ने भी लगी पर थोड़े ही दिनों में रमेश बाबू ने इस बात को अच्छी तरह महसूस कर लिया कि रूप का स्कूल छुड़वाकर उन्होंने भारी भूल की। धीरे-धीरे घर का सारा काम एक के बाद एक तारा देवी के कन्धों से सरककर रूप पर आता गया और वह भी बिना विरोध किए चुपचाप सब कुछ ओढ़ती चली गई। चन्द दिनों में ही वह विद्यार्थी से गृहस्थिन बन गई। सन्ध्या को ऑफ़िस से लौटकर जब वे रूप का क्लान्त चेहरा देखते तो उनका मन मसोस उठता। बहुत सोच-विचार कर उन्होंने आखिर एक दिन तारा देवी से कहा—

"मास्टरजी कह रहे थे कि रूप की पढ़ाई ठीक से नहीं हो रही है।"

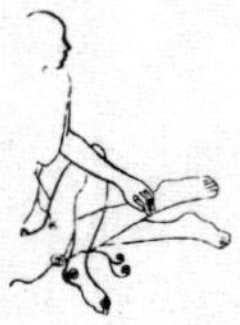

"अरे तो पढ़ाई भी कोई रोटी है कि गटागट खा ली। मैं तो पहले ही कहूँ थी कि लड़कियों की बुद्धि घर सँभालने की होती है, तुम ज़बर्दस्ती ही किताबों से मगज़मारी करवाओगे तो और क्या होगा ?"

"जब किसी बात को पूरी तरह समझती नहीं तो यों टाँग मत अड़ाया करो !" स्वर में क्रोध का पुट स्पष्ट था—"मैं सोचता हूँ रूप को उसके मामा के यहाँ भेज दूँ। वे तो बेचारे पहले भी बहुत कह गए थे। बस मैं ही नहीं माना—अब सोचता हूँ भेजना ही ठीक होगा। उनके कोई सन्तान भी नहीं है, दूसरे वहाँ लड़कियों की शिक्षा की अलग व्यवस्था भी है। शहरी जीवन में रहेगी तो कुछ बनेगी...नहीं-नहीं उसे अब भेजना ही होगा, ऐसे चलेगा नहीं।"

कोई और समय होता तो तारा देवी शायद इस प्रस्ताव को कभी नहीं मानती, पर आज रमेश बाबू का रुख कुछ ऐसा था कि विरोध करने का साहस नहीं हुआ। केवल इतना ही कहा—"तुम जानो और तुम्हारा काम जाने।" और वे चली गईं।

जब रूप ने देखा कि उसे मामा के यहाँ भेजा जा रहा है तो उसका मन विद्रोह कर उठा—"मैं नहीं जाऊँगी मामा-वामा के यहाँ। अपना घर क्यों छोड़ूँ, स्कूल भी छुड़वा दिया, इतना काम भी करती हूँ, फिर भी ये लोग मुझे अपने घर नहीं रखना चाहते। इस बार मैं साफ़-साफ़ कह दूँगी कि मैं कहीं भी नहीं जाऊँगी।" जाने क्यों इस बात से उसे ऐसा लगा मानो पिताजी उसे घर से निकालना चाहते हैं और यही भावना उसके मन को कचोट रही थी। "मैं इतनी पराई हो गई, इतनी बुरी हो गई कि घर में भी नहीं रखा जाता। ऐसा ही है तो मुझे मार डालो, पर मैं जाऊँगी नहीं !" और वह शाम तक रोती रही। शाम को पिताजी के आते ही वह साहस बटोरकर उधर चली। जैसे ही दरवाज़े के निकट पहुँची उसने सुना, नई माँ पिताजी से कह रही थीं—"तुम्हारे ही भेजूँ-भेजूँ करने से क्या होता है, तुम्हारी लाड़ली तो सवेरे से आँसू

ढुलका रही है।''

पिताजी बोले—''कौन, रूप बेटी ! अरे वह बड़ी समझदार लड़की है, मेरा कहना वह कभी टाल सकती है भला ! आज के ज़माने में ऐसी लड़की बड़े भाग्य से ही मिलती है।'' रूप को लगा जैसे उसका सारा विरोध, सारा क्रोध बह गया है। वह जितने जोश के साथ इधर आई थी, उतने ही शिथिल क़दमों से लौट गई।

मामा के बारे में रूप ने सुना तो बहुत था पर होश सँभालने के बाद उन्हें कभी देखा नहीं था। जब वह वहाँ पहुँची तो मामा-मामी के असीम प्यार ने दो दिन में ही जैसे उसे नया जीवन दे दिया। मामा तो बहुत देर तक उसके सिर पर हाथ फेरते रहे और उनकी आँखों से आँसू बहते रहे। मामा को यों रोते देख रूप भी बहुत फूट-फूटकर रोई। मामा-मामी के अतिरिक्त उस घर का तीसरा सदस्य था ललित। बचपन से ही डॉक्टर साहब ने इसे पाला था, और आज तो वह एक प्रकार से उनका पुत्र ही बन गया था। डॉक्टर साहब तो अपने काम में ही बड़े व्यस्त रहते थे सो उन्होंने रूप की पढ़ाई-लिखाई की व्यवस्था का सारा भार ललित पर डाल दिया। शुरू में रूप को ललित के सामने बड़ी झिझक लगती थी—लड़कों के साथ बात करने की उसे आदत जो नहीं थी, पर उस घर का वातावरण ही इतना उन्मुक्त, इतना स्वच्छन्द था कि अधिक दिनों तक संकोच और झिझक टिक नहीं सकी।

मैट्रिक की परीक्षा देकर भी रूप घर नहीं गई। सारी छुट्टियाँ वहीं बिता दीं। आज उसका रिज़ल्ट निकलनेवाला है। ललित रिज़ल्ट देखने गया हुआ है और उसे लग रहा है जैसे समय ही नहीं गुज़र रहा है। पास तो वह ज़रूर ही हो जाएगी, डिवीज़न भी अच्छा ही मिलेगा, फिर भी जब तक रिज़ल्ट न आ जाए, मन में खटका था। तभी दूर से ललित आता दिखाई दिया, वह दौड़कर फाटक पर पहुँची। ललित ने

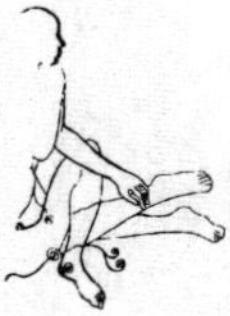

कहा—"मैं कहता हूँ बोर्डवाले फ़ोर्थ-डिवीज़न की भी व्यवस्था कर देते तो उनका क्या बिगड़ जाता !"

"क्यों, क्या हुआ ?" रूप ने कुछ बुझते-से स्वर में पूछा। पर उसे अपनी असफलता पर विश्वास नहीं हो रहा था।

"होगा क्या, फ़र्स्ट से लेकर थर्ड डिवीज़न तक की सारी लिस्ट टटोल मारी, कहीं आप साहब का नाम ही नहीं।"

"चलो हटो, झूठे कहीं के, ऐसा हो ही नहीं सकता !"

"नहीं साहब, ऐसा कैसे हो सकता है, रूप रानी तो पास होने का पट्टा लिखाकर आई हैं खुदा के घर से। देख रही हो चाची इसका मुग़ालता ! खोपड़ी में गोबर और सपने देखेंगी फ़र्स्ट डिवीज़न के।"

"मेहनत तो बहुत की थी बेचारी ने।" मामी ने कुछ निराश स्वर में कहा।

"अरे तो इसमें घबराने की क्या बात है ? कौन बोर्ड टूटा जाता है या रूप ही मरी जा रही है। आते साल फिर बैठ लेगी। अच्छा है—एक-एक क्लास में दो-तीन साल रहेगी तो जड़ें मज़बूत हो जाएँगी।"

"मैं मान ही नहीं सकती कि मैं फेल हो गई, तुम झूठे ही चिढ़ा रहे हो...मुझे अपनी आँखों से दिखाकर लाओ तो मानूँ।"

"नहीं मानती तो जाकर देख आ। यहाँ तेरे नौकर लगे हैं ना जो दस-दस बार चक्कर खाते फिरें।"

तभी डॉक्टर साहब की कार आती दिखाई पड़ी। गाड़ी से उतरते ही उन्होंने पूछा—"क्या रहा रूप तुम्हारा रिज़ल्ट ?"

रूप रोनी-रोनी-सी हो रही थी, मामी कुछ बोलने ही जा रही थीं कि ललित बोल पड़ा—"जी, फ़र्स्ट डिवीज़न में पास हो गई है।" डॉक्टर साहब के सामने मज़ाक करने का उसका भी साहस नहीं था। सुनते ही रूप ने आँखों-ही-आँखों से उसको डाँटा। मामी बोल पड़ीं—"कैसा

है रे तू भी, जब से बेचारी को छेड़ रहा था।'' डॉक्टर साहब रूप को खूब शाबासी देकर, उसकी पीठ थपथपाकर अन्दर चले गए। जाते ही रूप ने ललित को लपेटना शुरू किया...

''बड़े आए फ़ोर्थ डिवीज़न वाले ! अपने जैसा कूढ़मगज़ ही सबको समझ रखा है ना !''

''अच्छा ! अच्छा ! ! अब इतरा रही है ! यह तो ग़नीमत समझ कि खून-पसीना एक करके तेरे ऊसर दिमाग़ में भी थोड़ी अक़्ल पैदाकर दी वरना लुढ़कती ही नज़र आती।'' तभी डॉक्टर साहब का बुलावा आया और दोनों अन्दर गए।

आज रूप कॉलेज में फ़ॉर्म भरने जानेवाली थी। सवेरे से ही ललित उसे समझा रहा है कि कौन से विषय लेना उसके लिए ठीक रहेगा पर रूप है कि मानती ही नहीं। ललित झल्ला पड़ा, ''समझती कुछ है नहीं, किसी से सुन लिया और अपनी-अपनी लगाए जा रही है।''

रूप भी बिगड़ पड़ी—''जाओ, नहीं समझते हैं तो नहीं सही, पर तुम्हारे विषय कभी नहीं लेंगे। कोई तुम्हारे गुलाम हैं, जो हर बात तुम्हारी ही मानें !''

और जाते-जाते एक बार वह फिर कह गई—''तुम्हारे विषय कभी नहीं लेंगे, कभी नहीं लेंगे, कभी नहीं लेंगे।''

पर जब रूप ने फ़ॉर्म भरा तो सब वही विषय भरे जो ललित ने बताए थे। ललित को जब यह मालूम पड़ा तो जाने कैसा-कैसा लगा उसे। उसने कहा—''क्यों री रूप ! तू अपनी बात पर टिकती क्यों नहीं। विरोध तो बड़े ज़ोर-शोर करेगी, दुनिया-भर की अकड़ दिखाएगी पर करेगी वही जो दूसरे चाहते हैं।''

''क्या करूँ, फिर तुम्हीं कहते कि बड़ी जिद्दी लड़की है।''

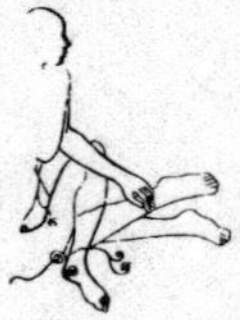

ललित को रूप की यह कमज़ोरी अच्छी भी लगती थी, बुरी भी लगती थी।

आज कॉलेज खुलनेवाला था। रूप सवेरे से ही कॉलेज जाने की तैयारी कर रही थी। उसने ज़िन्दगी में पहली बार दो चोटियाँ कीं, उल्टे पल्ले से साड़ी पहिनी, पर्स लिया। जैसे ही ललित की दृष्टि रूप से इस नए रूप पर पड़ी, वह बड़े ज़ोर से हँस पड़ा—"अय हाय ! गाँव की छोरी और पूरब की चाल !"

"अच्छा जाओ, हम तो गाँव के ही सही, तुम तो जैसे सीधे विलायत से ही चले आ रहे हो ना।"

रूप की दोनों चोटियाँ पकड़कर घसीटता हुआ ललित भीतर ले गया—"अरे चाची ! देखो तो ज़रा, अपनी रूप बिटिया का नख़रा तो देखो, कॉलेज जा रही है कॉलेज !"

"हाय रे मार डाला, सारे बाल नोचकर रख दिए।"

"क्या कर रहा है रे ललित ! इतना बड़ा हो गया, अभी तक बचपना नहीं गया।" चाची ने स्नेह से डाँटते हुए कहा।

"अरे चाची, ज़रा रूप की तारीफ़ तो कर दो, बेचारी यह तो न समझे कि इतना सजना-सँवरना बेकार चला गया !"

"हाँ, तो अच्छी तो लग ही रही है।"

"अच्छी ! कमाल कर दिया चाची तुमने तो ! अरे अच्छी क्या, इन्द्र के अखाड़े की अप्सरा लग रही है अप्सरा !"

इस विशेषण को सुनकर रूप को गुस्से में भी हँसी आ गई। वह समझ नहीं पा रही थी कि कैसे ललित को मज़ा चखाए। और जब कुछ नहीं सूझा तो उसने उठाकर एक लोटा पानी ही उसके ऊपर डाल दिया और खिलखिलाकर हँस पड़ी—"लो और चिढ़ाओ।" इस हरक़त के लिए ललित तैयार नहीं था। ज्यों ही रूप को पकड़ने के लिए दौड़ा, चाची ने पकड़ लिया—"इतने बड़े-बड़े हो गए पर ज़रा भी शऊर नहीं।

सवेरा हुआ नहीं कि लड़ाई शुरू हो गई; अब कोई तुम छोटे-छोटे बच्चे हो भला !''

''अपनी उस लाड़ली को तो कुछ कहती नहीं, सिर पर चढ़ाकर बिगाड़ रखा है बुरी तरह। सारे कपड़े बिगाड़ दिए, बदतमीज़ कहीं की।'' और झल्लाया हुआ वह ऊपर कपड़े बदलने चला गया। रूप दूर खड़ी-खड़ी हँस रही थी।

उस दिन चाची किसी से मिलने गई थीं और रूप चुपचाप अपने कमरे में बैठी किताब के पन्ने पलट रही थी। तभी ललित ने आकर कहा—''ऐ रूप ! जल्दी से तैयार हो जा, मैं सिनेमा के टिकिट लाया हूँ, बड़ा अच्छा खेल है।''

''मुझे नहीं जाना है सिनेमा।'' बिना किताब पर से आँख उठाए ही रूप ने उत्तर दिया।

''क्यों ?''

''यह भी कोई ज़रूरी है कि तुम्हारे हर क्यों और क्या का जवाब ही दिया जाए। बस कह दिया कि नहीं जाना तो नहीं जाना।''

''ठीक है नहीं जाना तो मत जाओ, यहाँ रौब किस पर लगा रही हो। तुम्हारा टिकिट वापस कर देंगे।'' और झल्लाया हुआ ललित ऊपर चला गया। थोड़ी देर में ही वह तैयार होकर नीचे उतरा और जैसे दरवाज़े के पास पहुँचा तो देखा रूप तैयार खड़ी है। वह कुछ नहीं बोला, दोनों चुपचाप चलने लगे। आधा रास्ता पार करने के बाद ललित पूछ ही बैठा—

''इतना मिजाज़ क्यों गरम हो रहा था तेरा ?'' पर जैसे ही उसने रूप की ओर देखा, उसकी छलछलाई आँखें देखकर वह सहम गया। रास्ते में अधिक छेड़ना उचित न समझ वह चुप हो गया। हॉल में पहुँचे और अँधेरा हुआ कि बहुत ही मुलायम स्वर में ललित ने पूछा—''क्या बात है रूप ?''

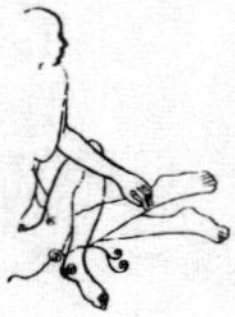

"पिताजी की चिट्ठी आई है—लिखा है, एक सप्ताह के लिए चली आओ। तुम्हीं बताओ—अभी जाकर मैं क्या करूँगी भला। जाने मेरा मन कैसा-कैसा हो रहा है ?"

तभी खेल शुरू हो गया। उस समय तो ललित ने बड़ी लापरवाही से कह दिया— "चिन्ता मत कर, सब ठीक हो जाएगा।" लेकिन खेल ख़त्म हुआ तो हॉल से बाहर निकलते ही ललित ने पूछा—

"हाँ, तो क्या लिखा है पिताजी ने ?"

"और तो कुछ नहीं लिखा, बस आने के लिए ही लिखा है।"

"तो तू साफ़ लिख दे कि अभी नहीं आ सकती। कॉलेज की पढ़ाई है कि कोई तमाशा।"

"हाय राम, पिताजी को टूटता जवाब कैसे लिख दूँ ?"

"हाँ ऽऽ ! पिताजी को टूटता जवाब कैसे लिख दे, टूटता जवाब देने के लिए तो हम हैं। कुछ भी कहो, और फट से 'नहीं करेंगे' सुन लो।"

"तुम्हारा क्या ?"

"हाँ साब ! हमारा क्या, हम कोई आदमी थोड़े ही हैं। पर सच रूप, तुझ पर बड़ा गुस्सा आता है। तू इतनी डरपोक क्यों है ? घरवालों के सामने तेरी जान निकलती है। देखती नहीं, आजकल की लड़कियाँ कितनी बेधड़क, कितनी निर्भीक होती हैं। दो साल हो गए तुझे यहाँ रहते, पर रही देहातिन-की-देहातिन। मना कर देगी तो पिताजी यही तो सोचेंगे कि लड़की बड़ी ढीठ हो गई है। सोच लेने दे।"

"तुम जानते नहीं ललित, वह मेरे लिए क्या सोचते हैं। ऐसा जवाब दूँगी तो उनको बड़ा धक्का लगेगा।"

"बस, यही तो तेरी कमज़ोरी है। घरवाले ज़रा-सा कह दें, हमारी रूप बिटिया जैसा है कोई दुनिया में, और फिर रूप बिटिया से चाहे

कुएँ में कुदवा लो तो कूद जाएगी। मैं कहता हूँ, अपनी यह आदत छोड़ और ज़रा हिम्मत से काम लेना सीख।''

''मुझसे तो नहीं लिखा जाएगा, पर मैं जाऊँगी भी नहीं।'' और उसका गला भर्रा आया।

''अच्छा, तो अब रो मत। मैं चाचाजी से कहकर चिट्ठी लिखवा दूँगा।'' और सचमुच ही ललित ने रूप के पिताजी को पत्र लिखवा दिया और बात टल गई।

उस दिन सन्ध्या को खूब झमककर पानी बरस रहा था। चाची पकौड़ी बना रही थीं, और रूप और ललित वहीं बैठकर खा रहे थे। ललित एकटक रूप के चेहरे को देख रहा था। ललित को यों घूरते देख रूप बोल पड़ी—''यों घूर-घूरकर क्या देख रहे हो मेरी तरफ़, कभी देखा नहीं है क्या ?''

ललित ने कहा—''सोचता हूँ चाची ! जिसने इसका नाम रूप रखा होगा वह नामकरण विद्या में काफ़ी अनाड़ी रहा होगा। इन देवीजी का नाम रूप हो, इससे बढ़कर नाम की और क्या विडम्बना हो सकती है भला ?''

चट से बोली रूप—''मैं भी सोचती हूँ चाची ! इनका नाम ललित किसने रख दिया भला ! लालित्य तो इनकी खोपड़ी के ऊपर से ही निकल गया है।''

''अच्छा तो आपके भी पर निकल रहे हैं। देख रही हो चाची ! कैसी जीभ चलने लगी है। वह दिन भूल गई जब छुई-मुई-सी देहातिन के वेष में यहाँ आई थी।''

''भूलेंगे क्यों, याद है, पर अपनी तो कहो। क्यों मामी, कैसा हुलिया था इनका, जब तुम इन्हें अनाथाश्रम से लाई थीं ? शायद मुँह की मक्खियाँ...'' वह वाक्य पूरा भी नहीं कर सकी थी कि ललित प्लेट

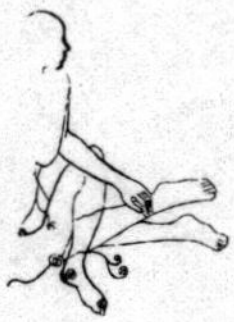

और प्याला वहीं छोड़कर तमककर ऊपर चला गया।

घबराकर चाची बोलीं—"यह तूने क्या कह डाला पगली ! तू जानती नहीं, इस बात से वह कितना दुखी हो जाता है। कितने ही सालों तक तो वह इस घर को किसी तरह भी अपना मानने को तैयार नहीं था, यह तो पिछले पाँच-छः वर्षों से ही वह हमारा बनकर रह रहा है। अब तू ही उसे मनाकर ला, जाते ही माफ़ी माँग लेना।" और उन्होंने चट कढ़ाही उतार दी !

महज़ मज़ाक में रूप यह सबकुछ कह गई थी। ऐसा परिणाम होगा यह तो सोचा भी नहीं था। ललित के दुख की बात सुनते ही उसका मन भर आया। वह धीरे-धीरे ललित के कमरे की ओर चली। दरवाज़े पर पहुँचकर देखा, ललित मेज़ पर दोनों हाथों के बीच सिर डाले बैठा है। धीरे-धीरे उसके पास पहुँची—बहुत ही मुलायम स्वर में बोली, "ललित !"

ललित चुप !

"मुझसे बहुत नाराज़ हो ललित ?"

ललित चुप !

"तुम्हारे दिल को चोट पहुँचाने का मेरा ज़रा भी इरादा नहीं था, सच मानना। मैंने यों ही मज़ाक में कह दिया था।"

ललित चुप !

"आगे से ऐसा कभी नहीं होगा ललित ! इस बार माफ़ कर दो।"

ललित चुप !

"एक बार भी माफ़ नहीं कर सकते ललित...तो मैं जाऊँ ?" और एक गरम बूँद ललित के हाथ पर चू पड़ी। लेकिन जाने कैसा पागलपन-सा सवार हो गया था ललित पर कि उस ओर बिना ध्यान दिए ही झटके से सिर उठाकर वह चीख उठा—"जा, जा, चली जा ! किसने रोक रखा है तुझे यहाँ पर ! तू तो सनाथ है, क्यों माफ़ी माँगने

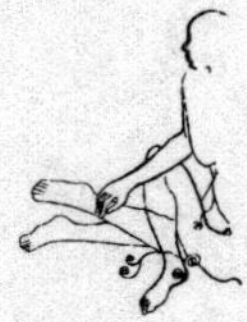

आई है एक अनाथ लड़के से।" और तड़ाक् से एक पूरे हाथ का चाँटा रूप के गाल पर जमा दिया। दो-तीन क्षण तक कमरे में सन्नाटा छा गया। तब ललित ने बहुत ही मुलायम स्वर में पूछा—"बहुत चोट आ गई रूप ? तू इस समय क्यों आई ? क्यों आई तू इस समय यहाँ।" और उसकी अपनी आँखें भी डबडबा आईं। रूप की आँखों से आँसू बहते रहे और ललित उसकी पीठ थपथपाता रहा, आँसू पोंछता रहा—पर बोला कोई कुछ भी नहीं।

2

तीन वर्ष बीत गए। इन तीन वर्षों में दोनों एक-दूसरे के कितने निकट आ गए थे, इस बात का अहसास ही उन्हें उस दिन हुआ जब ललित के विदेश जाने की बात निश्चित हो गई। बड़े जोश के साथ सारा घर तैयारी में जुट गया। रूप तो सारा काम इस प्रकार कर रही थी मानो वह भी साथ जा रही हो। सारी तैयारी हो गई। जाने के जब केवल तीन दिन रह गए तो साँझ को ललित रूप के पास पहुँचा। आज उसका मन बड़ा उदास हो रहा था...

"रूप !"

"बोलो !"

"आज मन बड़ा भारी-भारी हो रहा है। सोचता हूँ, तीन दिन बाद ही मैं यहाँ से चला जाऊँगा और यहाँ का सब कुछ पीछे ही छूट जाएगा।" कुछ रुककर वह फिर बोला—"इन तीन सालों में तेरे साथ रहते-रहते जिस चीज़ को महसूस नहीं कर पाया, आज इस विदाई की बेला में जैसे वही पूरे वेग से मुझे मथे डाल रही है। पता नहीं तू भी ऐसा महसूस करती है या नहीं, पर सच रूप ! मेरा तो रोम-रोम आज तेरे वियोग की कल्पना से ही दुखी हो रहा है।"

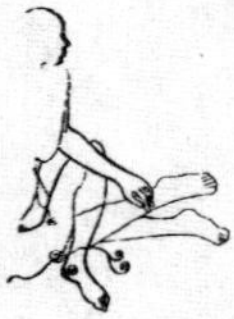

"मुझे तुमने क्या पत्थर का ही समझ रखा है ललित ! जानते नहीं, किस प्रकार मैं अपने को पत्थर बनाए बैठी हूँ, नहीं तो तुम डाँटने लगोगे कि कैसी कमज़ोर लड़की है। अब तुम यों कमज़ोरी दिखाओगे तो मैं क्या करूँगी ललित ?" और उसकी आँखें छलछला आईं। ललित कुछ देर तक उसकी ओर देखता रहा, फिर बोला—"देख, मैं तुझे अपनी रूप सौंपकर जा रहा हूँ, इस विश्वास के साथ कि लौटूँगा तो मुझे इसी हालत में लौटा देगी। ऐसा न हो कि मैं लौटूँ और देखूँ कि तूने रूप को किसी और के घर का शृंगार बना दिया है। तू बड़ी कमज़ोर है, इसी से मन डरता है। बोल रूप ! मेरी धरोहर को रख सकेगी ना ?"

"सब बातें क्या मुँह से ही कहनी होती हैं ललित ! इतना विश्वास रखो, जान रहते तो तुम्हारी सौंपी हुई धरोहर को किसी को हाथ नहीं लगाने दूँगी।"

"जानता हूँ, जानता हूँ रूप, कि तू मेरी है। दुनिया की कोई ताक़त तुझे मुझसे नहीं छीन सकती। पर फिर भी कहे जाता हूँ, यदि कुछ भी ऐसा-वैसा हो गया तो दुनिया के किसी भी कोने से तुझे भगा लाऊँगा, उस समय मुझे कोई नहीं रोक सकेगा।"

"ऐसी नौबत ही नहीं आएगी।" तभी चाची ने दोनों को चाय के लिए बुलाया और दोनों उठकर चले गए।

ललित चला गया। चाची और रूप खूब रोईं, कुछ दिनों तक घर में भयानक सन्नाटा छाया रहा, फिर धीरे-धीरे सबकुछ वैसे ही चलने लगा। जिस दिन ललित का पहला पत्र आया, पचासों बार उसे पढ़ा गया, जितने लोग आए सबसे कहा गया। फिर धीरे-धीरे पत्रों की बात भी पुरानी पड़ गई। रूप ने अपना सारा ध्यान किताबों में लगा दिया। इस बार भी उसे फ़र्स्ट डिवीज़न में पास होना ही था। ललित के पत्रों में भी तो बराबर यही लिखा रहता था कि खूब पढ़ना, खूब मेहनत

करना। रूप को उन पत्रों से बड़ा बल मिलता, बड़ी प्रेरणा मिलती। पर...

प्रिय ललित,

कभी सोचा भी नहीं था कि परसों ही पत्र लिखने के बाद आज फिर आधी रात के भयानक सन्नाटे में तुम्हें पत्र लिखने बैठना पड़ेगा। यह भी नहीं जानती कि जो कुछ लिखना है वह कैसे लिखूँ ! बस इतना समझ लो ललित कि इतने विश्वास के साथ अपनी जिस धरोहर को मेरे पास छोड़ गए थे, मेरे देखते-देखते उसे सब लोग छीने ले रहे हैं और मैं कुछ नहीं कर पा रही हूँ ! तुम तो मेरी सारी दृढ़ता, सारे साहस को लेकर मुझसे कोसों-कोसों दूर बैठे हो, अब किसका सहारा लेकर घरवालों का विरोध करूँ ? तुम्हारे बिना कितनी बेबस, कितनी असहाय मैं अपने को महसूस कर रही हूँ, तुम सोच नहीं सकते ! तुम्हीं बताओ ललित, अब क्या होगा ?

नहीं जानती, पिताजी ने कौन से जन्म का बदला निकाला है ! एक बार मुझसे पूछ तो लिया होता। उस हालत में मैं साफ़-साफ़ कह देती, पर किसी ने मुझसे कुछ पूछने की जरूरत ही नहीं समझी, और शादी की तारीख तक निश्चित कर दी। मेरी इच्छाओं की, मेरे अरमानों की कोई परवाह तक नहीं की। इतनी साध से सपनों का जो सुनहला संसार संजोया था, वह क्या यों ही बिखरकर चूर-चूर हो जाएगा ? नहीं-नहीं, ऐसा नहीं होने दूँगी, तुम कोई रास्ता बताओ, नहीं तो सच कहती हूँ मैं मर जाऊँगी, मैं आत्महत्या कर लूँगी। अपने जीते जी तो इस अन्याय को नहीं होने दूँगी। ज़िन्दगी भर घुट-घुटकर मरने से फाँसी का फन्दा कहीं अच्छा है। बस एक ही गम मन को कचोटे डाल रहा है...तुम्हें पाने की कितनी साध थी मन में, पर मन का चाहा क्या कभी पूरा होता है ?अगले जन्म में विश्वास नहीं करती, पर यदि होता हो

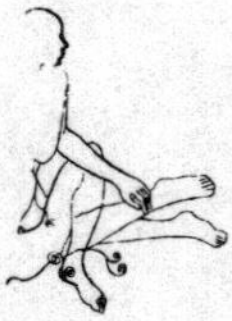

तो यही प्रार्थना है कि इस जन्म की मेरी अधूरी साध को पूरी कर देना मेरे ईश्वर !

ललित ! या तो समय रहते मुझे इस अन्याय से बचा लेना या फिर जो कुछ भी कर गुजरूँ उसके लिए क्षमा कर देना !

अच्छा विदा—कौन जाने यही मेरी अन्तिम विदा हो।

तुम्हारी ही

रूप

...,

तुमने तो पत्र लिखने में बहुत देर कर दी ललित ! बहुत देर कर दी। तुम्हारा पत्र मुझे उस समय मिला जब अग्नि को साक्षी देकर मैं सदा के लिए पराई हो चुकी थी। चार दिन पहले ही यह पत्र मिला होता तो सोचती हूँ शायद इसी का सहारा लेकर कुछ कर सकती। पर आज तो इसका शब्द-शब्द मेरे हृदय को मथे डाल रहा है।

कितने जोश के साथ मैंने लिखा था कि यदि मैं कुछ भी नहीं कर सकी तो आत्महत्या कर लूँगी। मैं मर जाऊँगी, पर मैं मर भी न सकी। तुम भी सोचते होगे कितनी ज़ाहिल लड़की है, पर नहीं जानती कि सब कुछ लुट जाने पर भी किसका मोह प्राणों को यों अटकाए है। शायद मन के किसी अज्ञात कोने में तुमसे दंड पाने की लालसा छिपी बैठी है, जिसने मुझे मरने भी नहीं दिया। तुम्हारे साथ इतना बड़ा विश्वासघात करके, बिना तुमसे उचित दंड पाए यदि मर भी जाती तो विश्वासघात की यह भावना क्या निरन्तर मेरी आत्मा को सालती न रहती ? अब तो जब तक तुम लौटकर नहीं आ जाते और मुझ जैसी ज़ाहिल लड़की को जी भरकर इस कुकर्म की सज़ा नहीं देते, तब तक मैं तुम्हारा आसरा देखती बैठी रहूँगी ! यों तो विधाता ने ही मेरे लिए जो दंड सँजोया है, वह संसार के भयंकर-से-भयंकर दंड से भी कड़ा है, पर विधाता से भी बड़ी

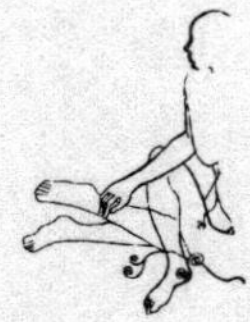

अपराधिनी तो मैं तुम्हारी हूँ, सो जब तक तुम्हारे हाथों दंड नहीं पा लेती मानो मरने का अधिकार भी मुझे नहीं है।

मैं तो अपनी कमजोरी का फल भोगूँगी ही, पर इस सारी बात से अकारण ही तुम्हें इतना दुखी होना पड़ा, यह सब सोच-सोचकर ही मन बिंधा जा रहा है। शायद अपात्र को प्यार करने से दुख ही उठाना पड़ता है। अब मुझे भूल जाओ ललित ! स्वप्न में भी मेरा खयाल मत करना। जितनी उमंग और जितने उत्साह के साथ तुम्हारे प्यार को सहेजा, उसी उत्साह के साथ, मन को ज़रा-भी मलिन बनाए बिना मैं तुम्हारी उपेक्षा और भर्त्सना को भी अपने आँचल में समेट लूँगी, इतना विश्वास रखना। मुझ जैसी अनेक रूप तुम्हें मिल जाएँगी।

अब और कुछ नहीं लिखूँगी ललित ! अब लिखने को शेष रह ही क्या गया है भला ? इस पत्र का उत्तर मत देना और यों भी कभी मुझे पत्र मत लिखना। अपने जीवन के पिछले पृष्ठों से रूप का नाम धो-पोंछकर बिल्कुल साफ़ कर देना, जिससे मेरी अपवित्र छाया भी तुम्हारे सुनहले भविष्य को धूमिल न बना सके।

इसी अनुरोध के साथ
रूप

ललित,

पूछती हूँ, मना करने पर भी तुमने पत्र क्यों लिखा ? मेरे इतने से अनुरोध को भी नहीं रख सके ! जानते तो हो, मैं तो यों ही बहुत कमज़ोर हूँ, फिर क्यों मेरी मिट्टी बिगाड़ने पर तुले हो ? तुम भी औरों के साथ मिलकर यों सताने लगोगे तो किसका आसरा लेकर मैं ज़िन्दा रहूँगी, यह तो सोचा होता।

इतने ढेर सारे प्रश्न तुमने पूछ डाले—पर पूछती हूँ, क्या करोगे यह सब जानकर ? जिस लड़की ने तुम्हारे जीवन की सारी खुशियों को यों अकारण ही बर्बाद कर डाला, आज भी उसके दुख-सुख की चिन्ता

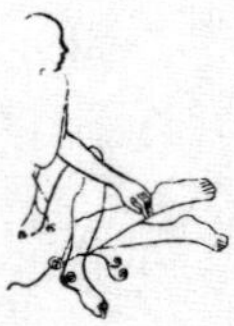

से तुम त्रस्त हो। यह सब लिखने के बजाए यदि तुमने खूब भर्त्सना की होती, खूब फटकारा होता तो मन की व्यथा कुछ तो घटती, पर तुम्हारा यह स्नेह मुझसे सहा नहीं जा रहा ललित !

इन मेहंदी लगे हाथों से कैसे अपनी बर्बादी की कथा लिखूँ। बस यही समझ लो, ये बहुत अच्छे हैं, और मैं सुखी हूँ। एक छोटा-सा शहर है। और ये इसके नामी वकील हैं। काम में बहुत व्यस्त रहते हैं, यों भी काफी साधु प्रकृति के पुरुष हैं। परिवार का कोई झंझट नहीं, घर में अकेली ही हूँ। साधनों का कोई अभाव नहीं, पर जिसकी सब साध ही मर गई हो, वह क्या करे इन साधनों को लेकर ? मेरे लिए बहुत-सी पुस्तकें मँगा दी गई हैं, जिससे इस बड़े से घर में अकेली रहकर भी मेरा मन लगा रहे—पर कैसे बताऊँ उन्हें कि जिसका मन ही मर गया, उसके मन लगने न लगने का प्रश्न ही कहाँ उठता है भला !

बस और जो है सब ठीक ही है। ज़िन्दगी को घसीट रही हूँ या ज़िन्दगी मुझे घसीट रही है; कुछ भी समझ लेना, एक ही बात है।

अब भूलकर भी मुझे पत्र मत लिखना। हाथ जोड़कर मैं तुमसे यही प्रार्थना करती हूँ।

....

रूप

3

उस दिन वकील साहब काम से ज़रा जल्दी ही लौट आए। रूप अपने कमरे में खड़ी शून्य दृष्टि से बाहर कुछ देख रही थी। उसकी आँखें लाल हो रही थीं, मानो अभी-अभी रोकर चुप हुई हो। वकील साहब ने रूप को इस हालत में देखा तो बहुत ही मुलायम स्वर में बोले—“तुम्हारा मन शायद यहाँ लगता नहीं, बिल्कुल अकेली जो पड़

गई हो। न हो तो तुम चौधरी साहब की पत्नी के यहाँ चली जाया करो, बड़ी मिलनसार स्त्री हैं, वे तुम्हारा परिचय और लोगों से करवा देंगी। क्या करूँ, मुझे तो ज़रा-भी समय ही नहीं मिलता कि तुम्हें कहीं घुमाने-फिराने ही ले जाया करूँ।''

''जी नहीं, मेरा तो मन खूब लग जाता है, फिर ये किताबें तो हैं।''

''देख रहा हूँ, इधर तुम कुछ दुबली भी हो रही हो, अपनी चिन्ता अपने-आप ही रखा करो, समझीं ?''

''आप व्यर्थ ही चिन्ता कर रहे हैं, मैं बिल्कुल अच्छी हूँ।''

''अच्छा देखो, आज शायद मुझे लौटने में कुछ देर हो जाए तो तुम मेरे लिए बैठी न रहना, खा-पी लेना। इन्तज़ार करने की ज़रा-भी ज़रूरत नहीं है। क्या करूँ, काम को जितना हल्का करने की सोचता हूँ, उतना ही बढ़ता जाता है।''

यह सोचकर कि वकील साहब देर से लौटेंगे, रूप बिना खाए ही पुस्तक पढ़ने बैठ गई, पर तभी उसे वकील साहब का स्वर सुनाई पड़ा—

''अरे, सुनती हो ! यह तुम्हारे मैके से कौन आए हैं ?''

मैके का नाम सुनते ही रूप झपटकर बाहर निकली—देखा, सामने ललित खड़ा था। उसके पैर जहाँ-के-तहाँ रुक गए, नज़रें नीचे झुक गईं। वकील साहब बड़ी जल्दी में थे— ''देखो, तुम इनके नहाने-खाने की व्यवस्था करो, मुझे बड़ी जल्दी है। कोशिश तो यही करूँगा कि खाने के समय मैं भी लौट आऊँ, नहीं तो तुम इन्हें अच्छी तरह खिला देना...'' और जिस व्यस्तता से वे आए थे, उसी व्यस्तता से चले भी गए।

ललित और रूप दोनों आमने-सामने खड़े थे, दोनों के मन में तूफ़ान मचल रहे थे, पर कोई कुछ बोल नहीं पा रहा था। आखिर ललित ने ही पूछा—''कैसी हो रूप ?''

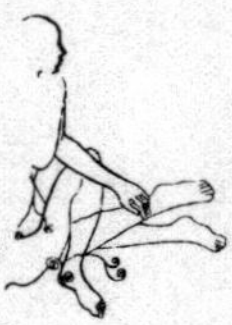

"अच्छी ही हूँ।" एक छोटा-सा उत्तर देकर वह उसके नहाने-खाने की व्यवस्था करने चली। नहा-धोकर जब ललित तैयार हो गया तो रूप ने पूछा—"आपके लिए खाना लगा दूँ ?"

"मैं 'आप' कब से हो गया रूप ? इतना परायापन तो न बरतो, नहीं तो यहाँ रहना मुश्किल हो जाएगा ! वकील साहब क्या बहुत देर से आएँगे ?"

"उनका कुछ ठीक नहीं, देर हो सकती है।"

"अच्छा, तो मुझे खाना दे दो।" पर उसने जब सामने एक ही थाली देखी तो पूछा—"और तुम ?"

"मैं बाद में खाऊँगी।"

"वकील साहब के साथ ?"

"नहीं, सबके बाद में"

"पर अकेले तो मुझसे नहीं खाया जाएगा। तुम बैठी रहो और मैं खाऊँ यह कैसे हो सकता है ! ले जाओ थाली, मैं भी पीछे ही खा लूँगा।"

ललित ने सारी बात इस ढंग से कही थी कि रूप की आँखों में सावन-भादों की घटाएँ उमड़ आईं। थाली परोसने के बहाने वह अन्दर चली गई और फिर खूब अच्छी तरह मुँह धोकर बाहर निकली। पर ललित कोई नादान बच्चा नहीं था। दोनों चुपचाप खाने बैठे। रूप की आँखें बार-बार भर आती थीं। आज सवेरे ही उपन्यास की घटना ने उसके हृदय के किसी कोमल स्थल को बुरी तरह कचोट डाला था कि वह किसी प्रकार भी अपने पर क़ाबू नहीं कर पा रही थी, उस पर ललित का आगमन। बिना कारण ही यों बार-बार आँख-भर आने की सफ़ाई देते हुए रूप बोली—

"पता नहीं, मेरी आँखें आजकल बड़ी खराब हो चली हैं, थोड़ी-थोड़ी देर में पानी गिरने लगता है। जिस दिन ज़रा-सा पढ़ लेती

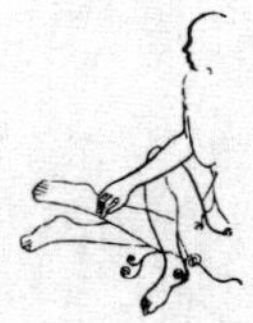

हूँ, उस दिन तो हालत और भी ख़राब हो जाती है।''

ललित मुस्कराया—''आँखों के बारे में जो नवीन खोजें हुई हैं, उसका तुम्हें पता है ? एकाएक दिल पर कोई चोट लगने से आँखों से पानी बहने लगता है, आँखों का सीधा सम्बन्ध हृदय से बताया गया है। मेरे आने से तुम्हारे हृदय को भी कहीं...''

जिस आवेग को रूप इतने प्रयत्न से रोके थी वह फूट पड़ा। रूप झपटकर अन्दर चली गई और ललित को लगा, बड़ी बेमौके की बात उसने कह दी।

दो दिन तक ललित ने देखा कि रूप जैसे उससे कन्नी काटती है। वकील साहब तो सवेरे से रात नौ बजे तक बाहर रहते हैं, वह रूप से अनेक बातें कर सकता है, पर वह आती ही नहीं। आख़िर एक दिन उसने रूप को बुलाकर बिठा ही लिया—''बड़ी व्यस्त रहती हो क्या ? बात करने का समय भी नहीं निकाल सकतीं ?''

''नहीं तो।'' छोटा-सा उत्तर था रूप का।

''वकील साहब तो बड़े व्यस्त रहते हैं, तुम आख़िर सारे दिन करती क्या हो ?''

''कभी पढ़ लेती हूँ, नहीं तो यों ही इधर-उधर कुछ किया करती हूँ।''

''घर का काम भी तो रहता होगा ना, आख़िर बड़े वकील साहब की पत्नी जो ठहरीं।'' एक बार रूप ने ललित की ओर देखा। उन बुझी-बुझी आँखों की दृष्टि में जाने ऐसा क्या था कि ललित का कलेजा बिंध गया, फिर भी वह कहता ही गया, ''बड़े शानदार मकान में रहती हो, ढेर सारे नौकर-चाकर, बड़ा-सा बगीचा, फिर परिवार का कोई झंझट नहीं, बस लगता है ठाठ हैं तुम्हारे तो !''

''दुनिया में एक तुम्हीं तो रह गए हो ताने सुनाने को ? जी भरकर सुना लो, यदि इसी से तुम्हें तसल्ली मिलती हो तो मैं वह सब भी सह

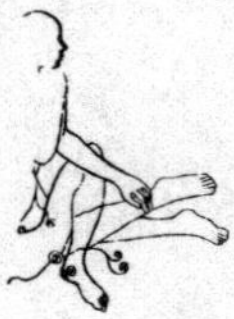

लूँगी।'' और रूप फफक-फफककर रो पड़ी।

ललित इसके लिए ज़रा-भी तैयार नहीं था। रूप के आँसुओं में ही जैसे उसके मन का सारा आक्रोश बह गया। उसने बहुत ही स्नेह-भरे शब्दों में कहा—''अरे पगली, मैं तो मज़ाक कर रहा था, इसी में रो पड़ी।'' फिर एकाएक बहुत ही उदास स्वर में बोला—

''तुम्हारे हृदय को चोट पहुँचाकर मुझे आनन्द मिलेगा, ऐसी बात ही तुम्हारे मन में क्यों आई ? तुम्हें सुखी बनाने के उद्देश्य से ही तो मैं इंग्लैंड गया था। सोचा था, उच्च शिक्षा पाकर अच्छी नौकरी भी पा सकूँगा और फिर तुम्हें रानी की तरह रखूँगा, तुम्हारी छोटी-से-छोटी इच्छा को पूरी करने में अपना सर्वस्व क़ुर्बान कर दूँगा—पर नहीं जानता था कि...''

''बस करो ललित ! क्यों मेरा खून जला रहे हो। वे सब बातें तो अब सपना हो गईं, अब तो मुझे तुम दंड दो। तुम्हारे साथ जैसा विश्वासघात किया, उसकी सज़ा तुम्हारे हाथों से पाना चाहती हूँ।''

ललित खामोश बैठा रहा—रूप सिसकती रही...

''तुम सुखी होतीं तो मैं तो अपने कलेजे पर पत्थर भी रख लेता, पर तुम्हारी हालत देखकर तो मेरा मन मसोस उठता है। इस तरह सिसक-सिसककर कैसे तुम अपनी ज़िन्दगी बिताओगी ? बोलो तो ज़रा।''

''मेरी क़िस्मत में तो रोना ही लिखा है। बचपन में माँ मर गईं, तुम्हारा प्यार मिला तो वह भी छीन लिया गया, तुम्हीं बताओ, अब किस बात पर हँसू।''

''क़िस्मत-विस्मत सब बेकार की बातें हैं। आदमी चाहे तो अपनी क़िस्मत को बदल सकता है।'' कुछ देर चुप रहकर ललित फिर बोला—

''मेरी बात मानो तो आज भी तुम सुखी हो सकती हो। जिन बीती बातों को तुम सपना समझ रही हो वे आज भी सच हो सकती हैं।''

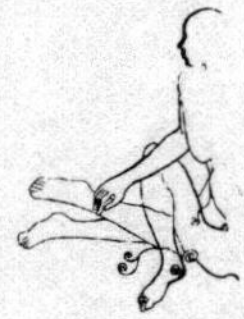

रूप की आँखों में प्रश्नवाचक चिह्न साकार हो उठा।

"तुम मेरे साथ भाग चलो रूप ! अभी कुछ नहीं बिगड़ा है।"

रूप की आँखें फटी-की-फटी रह गईं।

"तुम सुन रही हो मैं क्या कह रहा हूँ। मुझे नौकरी मिल गई। मैंने मकान ले लिया है—बहुत मज़े में हम लोग रहेंगे।"

"यह तुम क्या कह रहे हो ललित ? जानते हो, मेरी माँग में किसी और के सुहाग का सिन्दूर है—अग्नि को साक्षी देकर मैं उनकी हो चुकी हूँ।"

"यह सब बकवास है, थोथी बातें हैं। जानती हो, जाते समय मैं कह गया था कि यदि कुछ भी हो गया तो मैं दुनिया के किसी भी कोने से भगाकर ले आऊँगा—समझ लो, मैं इसी उद्देश्य से यहाँ आया हूँ। मेरे पीछे, जो जिसके मन में आया उसने किया, अब जो मेरी मर्ज़ी होगी मैं करूँगा, और तुमको मेरा साथ देना ही होगा रूप, देना ही होगा।" आवेश से ललित का स्वर काँप रहा था।

"यह सब कैसे हो सकता है, कैसी पागलपन की बातें तुम कर रहे हो, पिताजी सुनेंगे तो क्या कहेंगे, सारी दुनिया सुनेगी तो क्या सोचेगी ? ऐसा भी कहीं हुआ है आज तक ?"

"जहन्नुम में गई दुनिया और जहन्नुम में गए तुम्हारे पिताजी ! पिताजी को बिटिया इतनी ही दुलारी होती ना, तो यों कुएँ में न ढकेल देते। तुम्हें पिताजी की भावनाओं का ख़याल है, दुनिया-भर का ख़याल है, पर मेरे अरमानों, मेरी तमन्नाओं का कुछ ख़याल नहीं, मानो मैं आदमी नहीं, मिट्टी का लौंदा होऊँ ? तुम मुझसे दंड चाहती हो ना ? तो समझ लो, मैं यह दंड तुम्हें देना चाहता हूँ, मैं तुम्हें ले जाना चाहता हूँ, भगाकर ले जाना चाहता हूँ।" उसका आवेश बढ़ता जा रहा था।

"नहीं, नहीं ललित ! इतना बड़ा दंड मुझे मत दो, यह सब मुझसे नहीं होगा, मुझसे कभी नहीं होगा।" रूप सिसकती रही।

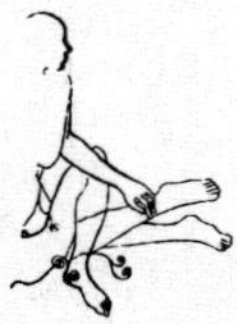

बड़े स्नेह से रूप के बालों में उँगलियाँ फेरते हुए ललित ने कहा—"समझ से काम ले रूप ! यह ज़िन्दगी यों ही मिट्टी में मिला देने की वस्तु नहीं। फिर तेरे मन की हालत मैं तुझसे अधिक जानता हूँ, क्यों व्यर्थ में अपने को झुठलाने की कोशिश कर रही है। मेरी बात मान जा।"

"नहीं ललित, यह मुझसे किसी तरह भी नहीं होगा..."

बहुत ही बुझे हुए स्वर में ललित बोला—"अच्छा, नहीं होगा तो नहीं सही।" फिर एक क्षण चुप होकर बोला—"बड़ी आस लेकर यहाँ आया था रूप। जाने क्यों, तू जीवन का सबसे बड़ा दाँव हार गई, फिर भी मेरा मन निराश नहीं हुआ था। सोचता था, अपनी रूप को तो जिस क्षण चाहूँगा ले आऊँगा, बड़ा भरोसा था तुझ पर, लगता है, आज सारे आसरे ही टूट गए। अब तुझे अधिक परेशान नहीं करूँगा, मैं लौट जाऊँगा, इतना तो बता दे रूप कि मैं रहूँगा कैसे, कैसे अपने दिन गुज़ारूँगा ?"

"तू चुप क्यों है, बोलती क्यों नहीं ?" और हारे हुए जुआरी की तरह ललित ने सिर अपनी बाँहों में छिपा लिया।

रोते-रोते रूप बोली—"क्या बोलूँ...तुम जो कहोगे, वही करूँगी ललित, वही करूँगी !"

पूरे सप्ताह-भर तक ललित रूप के मन को दृढ़ बनाता रहा। विदेश की स्त्रियों की स्वतन्त्रता की बातें, तलाक, प्रेम और विवाह की बातें बताकर उसने उसे पूरी तरह समझा दिया कि जो कुछ भी वे करने जा रहे हैं, वह किसी भी दृष्टि से अनुचित नहीं है, और रूप ने भी अपने आपको पूरी तरह तैयार कर लिया, खूब दृढ़ बना लिया। भविष्य के सुनहले स्वप्न उसके हौसलों को बढ़ावा देते और ललित की स्नेह-सिक्त बातें इस दमघोट वातावरण को छोड़ भागने की ललक पैदा कर देतीं। सातवें दिन ललित ने कहा—

"अच्छा रूप ! कल रात को हम लोग चल देंगे। मैं सवेरे ही यहाँ से बिदा लेकर धर्मशाला में जा टिकूँगा, तुम रात बारह बजे के क़रीब स्टेशन रोड वाले चबूतरे पर मुझे मिलोगी, समझीं ? डरोगी तो नहीं ना ?"

"डरूँगी क्यों ? सच कहती हूँ ललित ! तुम सामने रहते हो तो जाने कहाँ का ज़ोर आ जाता है। तुम इंग्लैंड न गए होते तो यह इतनी बड़ी ट्रेजेडी ही नहीं होती। तुम्हारे साथ तो मैं दुनिया की बड़ी-से-बड़ी ताक़त से भी लड़ सकती हूँ—जाने तुम्हारी सूरत में ऐसी कौन-सी प्रेरक शक्ति..."

"अच्छा-अच्छा, बड़ी-बड़ी बातें न बना अब। तू कुछ भी कह, मेरा मन न जाने क्यों तुझे लेकर कभी आश्वस्त नहीं हो पाता। तू बड़ी कमज़ोर है।"

"नहीं ललित, तुमसे दूर रहकर ही मैं कमज़ोर रहती हूँ, डरो मत, एक बार कमज़ोरी का फल भुगत चुकी हूँ, उससे जन्म-भर के लिए सबक़ मिल गया। और सच पूछो तो जिस बात को पहले मैं स्वयं नहीं जानती थी, अब जान पाई हूँ। लिखने को मैंने चाहे तुम्हें लिख दिया कि तुमसे दंड पाने की प्रतीक्षा में बैठी रहूँगी, पर सच पूछो तो मन में कोई और ही साध थी। जाने क्यों अनजाने ही मेरा मन यह आशा लगाए बैठा था कि तुम्हारे आते ही जैसे मेरे सारे दुख दूर हो जाएँगे, तुम मुझे इन झूठे बन्धनों से मुक्ति दिला दोगे। सोचती हूँ, यदि तुम आकर यों ही चले जाते तो वह शायद मेरे जीवन की सबसे बड़ी निराशा होती, सबसे बड़ा आघात होता ?"

"तो अब डरेगी तो नहीं ना ! मैं निश्चिन्त हो जाऊँ !"

"अरे ललित के रहते रूप किसी से नहीं डरती।"

दूसरे दिन सवेरे ही ललित वकील साहब और रूप से विदा लेकर, नौकरों-चाकरों को बख़्शीश देकर विदा हो गया। रूप ने बड़े ही

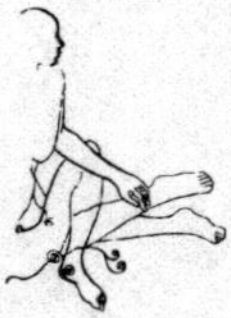

स्वाभाविक ढंग से उसे विदा किया।

भविष्य के सपने देखते-देखते ही रूप ने सारा दिन बिता दिया। कभी-कभी मधुर कल्पनाएँ उसके मन को मतवाला बना देतीं तो भी पिताजी, वकील साहब, नई माँ के क्रोधित चेहरे उसके मन को कँपा देते। सन्ध्या को वह उठी और एक अटैची में उसने दो-चार जोड़ी ज़रूरी कपड़े और कुछ रुपए रखे। यों अपने को वह भरसक स्वाभाविक बनाए रखने की कोशिश कर रही थी, फिर भी आज घर की प्रत्येक हरकत को वह बड़ी चौकन्नी होकर देख रही थी। नौकर-चाकर कहीं उसके विषय में ही तो बात नहीं कर रहे हैं। इसी प्रकार नौ बज गए। वकील साहब नहीं लौटे। उसका मन अनेक प्रकार की आशंकाओं से भरने लगा। साढ़े नौ बजे, फिर भी वे नहीं आए। अब तो उसका दिल बुरी तरह धड़कने लगा—'कहीं किसी ने ललित को तो नहीं देख लिया।'' यह खयाल आते ही वह ऊपर से नीचे तक काँप उठती। समय के साथ-साथ उसके दिल की धड़कनें बढ़ती गईं। तभी वकील साहब आए। उसने पूछा—''बड़ी देर कर दी आज आपने ?'' उसका स्वर काँप-सा रहा था।

''आज एक बड़ा पुराना मित्र मिल गया, उसी से बातें करने में देरी हो गई।''

अपने-आपको स्वाभाविक बनाए रखने के लिए रूप जल्दी-जल्दी खाना परोसने लगी। उसका हाथ काँप रहा था, और वकील साहब बोले चले जा रहे थे—

''बड़ी मुसीबत में था बेचारा। उसकी स्त्री अपने किसी आशिक के साथ भाग गई।'' रूप का चेहरा फक़, उसका हाथ जहाँ-का-तहाँ रुक गया।

''मुझसे सलाह लेना चाहते थे कि क्या किया जाए ! मैंने साफ़ कह दिया, क़ानूनी कार्यवाही करो। पर उनका कहना था कि पढ़ी-लिखी

लड़की है, क़ानून के ज़ोर से उसे अपना नहीं बनाया जा सकता।"

कपड़े बदलने का काम ख़त्म करके वकील साहब कुर्सी पर आ डटे थे। रूप के पैर बुरी तरह लड़खड़ा रहे थे, और वकील साहब अपनी ही धुन में बोले जा रहे थे–

"मैंने तो साफ़ कह दिया, पढ़ी-लिखी है तो सिर पर बिठाओ ! पढ़ी-लिखी है, पढ़ी-लिखी है ! अरे पढ़ी-लिखी तो तुम भी हो, भागने की बात तो दूर रही; दो साल हो गए, मुझे कभी याद नहीं पड़ता कि तुमने आँख उठाकर किसी पुरुष से कभी बात भी की हो। यह भी कोई बात हुई भला !"

रात का एक बजा था। रूप की आँखों से एक-एक करके आँसू टपकते जा रहे थे और उसके सूटकेस से एक-एक करके कपड़े बाहर निकलते जा रहे थे।

सयानी बुआ

सयानी बुआ का नाम वास्तव में ही सयानी था या उनके सयानेपन को देखकर लोग उन्हें सयानी कहने लगे थे, सो तो मैं आज भी नहीं जानती; पर इतना अवश्य कहूँगी कि जिसने भी उनका यह नाम रखा वह नामकरण-विद्या का अवश्य पारखी रहा होगा।

बचपन में ही वे समय की जितनी पाबन्द थीं, अपना सामान सँभालकर रखने में जितनी पटु थीं, और व्यवस्था की जितनी क़ायल थीं, उसे देखकर चकित हो जाना पड़ता था। कहते हैं, जो पेंसिल वह एक बार खरीदती थीं, वह जब तक इतनी छोटी न हो जाती कि उनकी पकड़ में भी न आए तब तक उससे काम लेती थीं। क्या मजाल कि वह कभी खो जाए या बार-बार नोक टूटकर समय से पहले ही समाप्त हो जाए। जो रबर उन्होंने चौथी कथा में खरीदी थी, उसे नवीं कक्षा में आकर समाप्त किया।

उम्र के साथ-साथ उनकी आवश्यकता से अधिक चतुराई भी प्रौढ़ता धारण करती गई और फिर बुआजी के जीवन में इतनी अधिक घुल-मिल गई कि उसे अलग करके बुआजी की कल्पना ही नहीं की जा सकती थी। उनकी एक-एक बात पिताजी हम लोगों के सामने उदाहरण के रूप में रखते थे जिसे सुनकर हम सभी खैर मनाया करते थे कि भगवान करे, वह ससुराल में ही रहा करें, वर्ना हम जैसे अस्त-व्यस्त और अव्यवस्थित-जनों का तो जीना ही हराम हो जाएगा।

ऐसी ही सयानी बुआ के पास जाकर पढ़ने का प्रस्ताव जब मेरे सामने रखा गया तो कल्पना कीजिए, मुझ पर क्या बीती होगी ? मैंने साफ़ इन्कार कर दिया कि मुझे आगे पढ़ना ही नहीं। पर पिताजी मेरी पढ़ाई के विषय में इतने सतर्क थे कि उन्होंने समझाकर, डाँटकर और प्यार-दुलार से मुझे राज़ी कर लिया। सच में, राज़ी तो क्या कर लिया, समझिए अपनी इच्छा पूरी करने के लिए बाध्य कर दिया। और भगवान् का नाम गुहारते-गुहारते मैंने घर से विदा ली और उनके यहाँ पहुँची।

इसमें सन्देह नहीं कि बुआजी ने बड़ा स्वागत किया। पर बचपन से उनकी ख्याति सुनते-सुनते उनका जो रौद्र रूप मन पर छाया हुआ था, उसमें उनका वह प्यार कहाँ तिरोहित हो गया, मैं जान ही न पाई। हाँ, बुआ के पति, जिन्हें हम भाई साहब कहते थे, बहुत ही अच्छे स्वभाव के व्यक्ति थे। और सबसे अच्छा कोई घर में लगा तो उनकी पाँच वर्ष की पुत्री अन्नू।

पर मैंने देखा कि परिवार के सभी लोगों पर एक विचित्र आतंक-सा छाया हुआ है—सब पर मानो बुआजी का व्यक्तित्व हावी है। सारा काम वहाँ इतनी व्यवस्था से होता जैसे सब मशीनें हों, जो क़ायदे में बँधी, बिना रुकावट अपना काम किए चली जा रही हैं। ठीक पाँच बजे सब लोग उठ जाते, फिर एक घंटा बाहर मैदान में टहलना होता, उसके बाद चाय-दूध होता। उसके बाद अन्नू को पढ़ने के लिए बैठना होता। भाई साहब भी तब अख़बार और ऑफ़िस की फ़ाइलें आदि देखा करते। नौ बजते ही नहाना शुरू होता। जो कपड़े बुआजी निकाल दें, वही पहनने होते। फिर क़ायदे से आकर मेज़ पर बैठ जाओ और खाकर काम पर जाओ।

घर के इस नीरस और यन्त्रचालित कार्यक्रम में अपने को फ़िट करने में मुझे कितना कष्ट उठाना पड़ा और कितना अपने को काटना-छाँटना पड़ा, यह मेरा अन्तर्यामी ही जानता है। सबसे अधिक

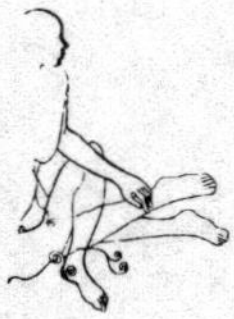

तरस आता था अन्नू पर। वह इस नन्ही-सी उमर में ही प्रौढ़ हो गई थी। न बच्चों का-सा उल्लास, न कोई चहचहाहट। एक अज्ञात भय से वह घिरी रहती थी। घर के उस वातावरण में कुछ ही दिनों में मेरी भी सारी हँसी-खुशी मारी गई।

यों बुआजी की गृहस्थी जमे पन्द्रह वर्ष बीत चुके थे, पर उनके घर का सारा सामान देखकर लगता था, मानो सबकुछ अभी कल ही खरीदा हो। गृहस्थी जमाते समय जो काँच और चीनी के बर्तन उन्होंने खरीदे थे, वे आज भी ज्यों-के-त्यों थे, जबकि रोज़ उनका उपयोग होता था। वे सारे बर्तन स्वयं खड़ी होकर साफ़ करवाती थीं। क्या मजाल, कोई एक चीज़ भी तोड़ दे। एक बार नौकर ने सुराही तोड़ दी थी। उस छोटे-से छोकरे को उन्होंने इस कसूर पर बहुत पीटा था। तोड़-फोड़ से तो उन्हें सख़्त नफ़रत थी, यह बात उनकी बर्दाश्त के बाहर थी। उन्हें बड़ा गर्व था अपनी इस सुव्यवस्था का। वे अक्सर भाई साहब से कहा करती थीं कि यदि वे इस घर में न आतीं तो न जाने बेचारे भाई साहब का क्या हाल होता। मैं मन-ही-मन कहा करती थी कि और चाहे जो भी हाल होता, हम सब मिट्टी के पुतले न होकर कम-से-कम इनसान तो अवश्य हुए होते।

बुआजी की अत्यधिक सतर्कता और खाने-पीने के इतने कंट्रोल के बावजूद अन्नू को बुखार आने लगा, सब प्रकार के उपचार करने-कराने पूरा महीना बीत गया, पर उसका बुख़ार न उतरा। बुआजी की परेशानी का पार नहीं, अन्नू एकदम पीली पड़ गई। उसे देखकर मुझे लगता मानो उसके शरीर में ज्वर के कीटाणु नहीं, बुआजी के भय के कीटाणु दौड़ रहे हैं, जो उसे ग्रसते जा रहे हैं। वह उनसे पीड़ित होकर भी भय के मारे कुछ कह तो सकती नहीं थी बस सूखती जा रही है।

आख़िर डॉक्टरों ने कई प्रकार की परीक्षाओं के बाद राय दी कि

बच्ची को पहाड़ पर ले जाया जाए, और जितना अधिक उसे प्रसन्न रखा जा सके, रखा जाए। सब कुछ उसके मन के अनुसार हो, यही उसका सही इलाज है। पर सच पूछो तो बेचारी का मन बचा ही कहाँ था ? भाई साहब के सामने एक विकट समस्या थी। बुआजी के रहते यह सम्भव नहीं था, क्योंकि अनजाने ही उनकी इच्छा के सामने किसी और की इच्छा चल ही नहीं सकती थी। भाई साहब ने शायद सारी बात डॉक्टर के सामने रख दी, तभी डॉक्टर ने कहा कि माँ का साथ रहना ठीक नहीं होगा। बुआजी ने सुना तो बहुत आनाकानी की, पर डॉक्टर की राय के विरुद्ध जाने का साहस वे कर नहीं सकीं सो मन मारकर वहीं रहीं।

ज़ोर-शोर से अन्नू के पहाड़ जाने की तैयारी शुरू हुई। पहले दोनों के कपड़ों की लिस्ट बनी, फिर जूतों की, मोज़ों की, गरम कपड़ों की, ओढ़ने-बिछाने के सामान की, बर्तनों की। हर चीज़ रखते समय वह भाई साहब को सख़्त हिदायत कर देती थीं कि एक भी चीज़ खोनी नहीं चाहिए—“देखो, यह फ्रॉक मत खो देना, सात रुपए मैंने इसकी सिलाई दी है। यह प्याले मत तोड़ देना, वरना पचास रुपए का सेट बिगड़ जाएगा। और हाँ, गिलास को तुम तुच्छ समझते हो, उसकी परवाह ही नहीं करोगे; पर देखो, यह पन्द्रह बरस से मेरे पास है और कहीं खरोंच तक नहीं है, तोड़ दिया तो ठीक न होगा।”

प्रत्येक वस्तु की हिदायत के बाद वह अन्नू पर आईं। वह किस दिन, किस समय क्या खाएगी, उसका मीनू बना दिया। कब कितना घूमेगी, क्या पहनेगी, सब कुछ निश्चित कर दिया। मैं सोच रही थी कि यहाँ बैठे-बैठे ही बुआजी ने इन्हें ऐसा बाँध दिया कि बेचारे अपनी इच्छा के अनुसार क्या ख़ाक करेंगे ! सब कह चुकीं तो ज़रा आर्द्र स्वर में बोलीं, “कुछ अपना भी ख़याल रखना, दूध-फल बराबर खाते रहना।” हिदायतों की इतनी लम्बी सूची के बाद भी उन्हें यही कहना

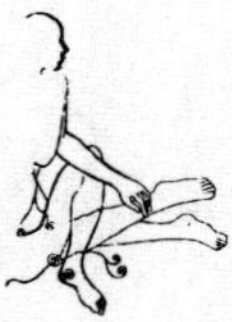

पड़ा, "जाने तुम लोग मेरे बिना कैसे रहोगे, मेरा तो मन ही नहीं मानता। हाँ, बिना भूले रोज़ एक चिट्ठी डाल देना।"

आख़िर वह क्षण भी आ पहुँचा, जब भाई साहब एक नौकर और अन्नू को लेकर चले गए। बुआजी ने अन्नू को खूब प्यार किया, रोईं भी। उनका रोना मेरे लिए नई बात थी। उसी दिन पहली बार लगा कि उसकी भयंकर कठोरता में कहीं कोमलता भी छिपी है। जब तक ताँगा दिखाई देता रहा, वह उसे देखती रहीं, उसके बाद कुछ क्षण निर्जीव-सी होकर पड़ी रहीं। पर दूसरे ही दिन से घर फिर वैसे ही चलने लगा।

भाई साहब का पत्र रोज़ आता था, जिसमें अन्नू की तबीयत के समाचार रहते थे। बुआजी भी रोज़ एक पत्र लिखती थीं, जिसमें अपनी उन मौखिक हिदायतों को लिखित रूप में दोहरा दिया करती थीं। पत्रों की तारीख में अन्तर रहता था। बात शायद सबमें वही रहती थी। मेरे तो मन में आता कि कह दूँ, बुआजी रोज़ पत्र लिखने का कष्ट क्यों करती हैं ? भाई साहब को लिख दीजिए कि एक पत्र गत्ते पर चिपकाकर पलंग के सामने लटका लें और रोज़ सवेरे उठकर पढ़ लिया करें। पर इतना साहस था नहीं कि यह बात कह सकूँ।

क़रीब एक महीने के बाद एक दिन भाई साहब का पत्र नहीं आया। दूसरे दिन भी नहीं आया। बुआजी बड़ी चिन्तित हो उठीं। उस दिन उनका मन किसी भी काम में नहीं लगा। घर की कसी-कसाई व्यवस्था कुछ शिथिल-सी मालूम होने लगी। तीसरा दिन भी निकल गया।

अब तो बुआजी की चिन्ता का पार नहीं रहा। रात को वे मेरे कमरे में आकर सोईं, पर सारी रात दुःस्वप्न देखती रहीं और रोती रहीं। मानो उनका वर्षों से जमा हुआ नारीत्व पिघल पड़ा था और अपने पूरे वेग के साथ बह रहा था। वह बार-बार कहतीं कि उन्होंने स्वप्न

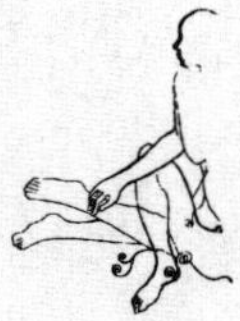

में देखा है कि भाई साहब अकेले चले आ रहे हैं, अन्नू साथ नहीं है और उनकी आँखें भी लाल हैं और वह फूट-फूटकर रो पड़तीं। मैं तरह-तरह से उन्हें आश्वासन देती, पर बस वह तो कुछ सुन ही नहीं रही थीं। मेरा मन भी कुछ अन्नू के ख़याल से, कुछ बुआजी की यह दशा देखकर बड़ा दुखी हो रहा था।

तभी नौकर ने भाई साहब का पत्र लाकर दिया। बड़ी व्यग्रता से काँपते हाथों से उन्होंने उसे खोला और पढ़ने लगीं। मैं भी साँस रोककर बुआजी के मुँह की ओर देख रही थी कि एकाएक पत्र फेंककर सिर पीटती बुआजी चीखकर रो पड़ीं। मैं धक् रह गई। आगे कुछ सोचने का साहस ही नहीं होता था। आँखों के आगे अन्नू की भोली-सी, नन्ही-सी तस्वीर घूम गई। तो क्या अब अन्नू सचमुच ही संसार में नहीं है ? यह सब कैसे हो गया ? मैंने साहस करके भाई साहब का पत्र उठाया। लिखा था–

प्रिय सयानी,

समझ में नहीं आता, किस प्रकार तुम्हें यह पत्र लिखूँ। किस मुँह से तुम्हें यह दुखद समाचार सुनाऊँ। फिर भी रानी, तुम इस चोट को धैर्य-पूर्वक सह लेना। जीवन में दुख की घड़ियाँ भी आती हैं, और उन्हें साहसपूर्वक सहने में ही जीवन की महानता है। यह संसार नश्वर है। जो बना है, वह एक-न-एक दिन मिटेगा ही, शायद इस तथ्य को सामने रखकर हमारे यहाँ कहा है कि संसार की माया से मोह रखना दुख का मूल है। तुम्हारी इतनी हिदायतों के और अपनी सारी सतर्कता के बावजूद मैं उसे नहीं बचा सका, इसे अपने दुर्भाग्य के अतिरिक्त और क्या कहूँ। यह सब कुछ मेरे ही हाथों होना था''...आँसू-भरी आँखों के कारण शब्दों का रूप अस्पष्ट से अस्पष्टतर होता जा रहा था और मेरे हाथ काँप रहे थे। अपने जीवन में यह पहला अवसर था, जब

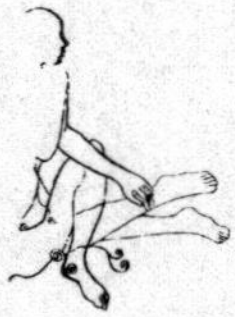

मैं इस प्रकार किसी की मृत्यु का समाचार पढ़ रही थी। मेरी आँखें शब्दों को पार करती हुईं जल्दी-जल्दी पत्र के अन्तिम हिस्से पर जा पड़ीं—"धैर्य रखना मेरी रानी, जो कुछ हुआ उसे सहने की और भूलने की कोशिश करना। कल चार बजे तुम्हारे पचास रुपए वाले सेट के दोनों प्याले मेरे हाथ से गिरकर टूट गए। अन्नू अच्छी है। शीघ्र ही हम लोग रवाना होनेवाले हैं।"

एक मिनट तक मैं हतबुद्धि-सी खड़ी रही, समझ ही नहीं पाई यह क्या-से-क्या हो गया। यह दूसरा सदमा था। ज्यों ही कुछ समझी, मैं ज़ोर से हँस पड़ी। किस प्रकार मैंने बुआजी को सत्य से अवगत कराया, वह सब मैं कोशिश करके भी नहीं लिख सकूँगी। पर वास्तविकता जानकर बुआजी भी रोते-रोते हँस पड़ीं। पाँच आने की सुराही तोड़ देने पर नौकर को बुरी तरह पीटनेवाली बुआजी पचास रुपए वाले सेट के प्याले टूट जाने पर भी हँस रही थीं, दिल खोलकर हँस रही थीं, मानो उन्हें स्वर्ग की निधि मिल गई हो।

अभिनेता

वह बड़ी कामयाब और ग़ज़ब की अभिनेत्री थी, अपनी कला में माहिर।

मगर ठहरिए ! यह तो कहानी की शुरुआत ही ग़लत हो गई। कहानी का नाम रखा, 'अभिनेता' और शुरू किया 'अभिनेत्री' से। लगता है, अपनी जात के लिए जो एक कुदरती कमजोरी मन में है, वह आदत बन गई है। और चूँकि आगे क़दम बढ़ा दिया है सो अब बढ़ूँगी तो आगे ही। हाँ, इस उम्मीद के साथ कि मेरी इस अभिनेत्री की कला और सौन्दर्य पर अपने को दिलोजान से क़ुर्बान करनेवाला कोई अभिनेता आ ही जाएगा, जैसा कि आज की हर कहानी और हर फ़िल्म में हुआ करता है, और ग़लती से दिए मेरे इस शीर्षक को सार्थक कर देगा।

तो किस तरह अपने नन्हे-नन्हे हाथ-पैरों और शरीर के अंग-अंग को थिरकाती, घर के कोने-कोने को अपने जादू-भरे सुरों से गुँजाती एक दिन वह अपने स्कूल और फिर अपने कॉलेज के रंगमंच का 'जीवन' बनी और फिर देखते ही देखते हर चीज़ को पीछे छोड़कर कैसे फ़िल्मी सितारों की क़तार में सबसे आगे आ बैठी, यह एक लम्बी कहानी है—मीठी भी और कड़वी भी। यही कारण है कि आज शोहरत के ऊँचे कंगूरों पर बैठकर वह बीते दिनों की याद कभी नहीं करती। हाँ, आगे की सुनहरी ज़िन्दगी के रंगीन सपने वह ज़रूर देखा करती है।

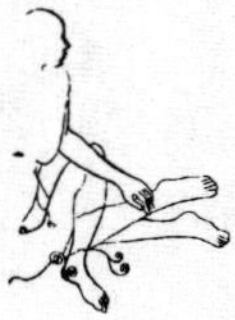

उन बीते दिनों और बातों के साथ-साथ उसने उन दिनों का अपना नाम भी भुला दिया। अब तो दुनिया ही नहीं, वह खुद भी अपने फ़िल्मी नाम रंजना से ही अपने को जानती-पहचानती है। भगवान ने उसे जितना सौन्दर्य दिया था, उतनी ही कला दी थी। अब आलम यह था कि ये गुण मिलकर चट्टानों में भी जख़्म किए बग़ैर न रहते। कॉलेज की लड़कियाँ और फ़ैशन-परस्त बीवियाँ हज़ार-हज़ार आँखें बनी, यह देखने की बेताब रहतीं कि इस बार रंजना ने बालों का कौन-सा नया तर्ज़ निकाला है, किस कट का ब्लाउज़ पहना, जूड़े में फूल खोंसे हैं या नहीं। और हर नौजवान सिनेमा भले न जाए, होंठों से धीरे-धीरे सीटी बजाते, कहीं ख़यालों में उतराते हुए, यह साध ज़रूर बसाया करता कि उसकी होनेवाली बीवी में रंजना की यह या वह झलक तो हो ही। सिनेमा के पर्दे पर वह आती नहीं कि ढली-से-ढली उम्र की रंगों में भी एक मादकता लहरा जाती और लोग बहुत-बहुत देर तक अपने को क़ाबू में न ला पाते।

हाँ, मगर एक बात थी। रंजना का यह सारा साज-सिंगार, नाच-गाना, अभिनय अपने काम तक ही रहता। उसका अपना रहन-सहन बिल्कुल ही और था। काम को छोड़ न कहीं जाती, न किसी से मिलती और रहती तो एकदम सादे ढंग से थी। फ़िल्मी लाइन किसी के लिए भी ख़तरों से खाली नहीं, फिर रंजना के लिए तो कहना ही क्या। मगर रंजना यों फूँक-फूँककर पाँव रखती और ऐसे साफ़ दिल से रहती कि हल्की-से-हल्की गन्दी छींट भी उसे छूने से खुद झिझकती।

इस तरह दौलत की गोद और शोहरत की मीनार जो भी सुख ला सकती थीं, वे रंजना के आँगन में बारहमासी के फूलों की तरह खिले रहते थे। मगर फिर भी रंजना खुश न थी। कुछ था, जो उसे भीतर-ही-भीतर खाए डालता। प्रेम का अभिनय करते-करते उसका जी तड़प जाता कि काश, कोई होता जिससे वह सचमुच प्रेम कर

सकती, जिसके सपनों के आसमान में तारों का चँदोवा बनकर छा सकती, जिसके हर सुबह पर ओस की बूँदों-सी चुपचाप बिछ सकती ! मगर ऐसा कौन होता ? ऐसे अनगिनत थे, जो उसे चाहते थे, लेकिन ऐसा कोई नहीं था जिसे वह चाह सके, जिसकी एक झलक उसके दिल की धड़कनें बढ़ा दे, जिसका नाम भी ले दे तो चेहरा गुलाबों से रंग उठे।

एक शाम वह बैठी हुई यों ही कुछ पढ़ रही थी, कि तभी सहसा सजी-धजी कामिनी आ पहुँची और आते ही शोख मुस्कराहट के साथ बोली—"ऐ मेम साहब ! सुनती हो, कल मेरे यहाँ पार्टी है। तुम्हें ज़रूर आना है। कोई बहाना नहीं सुनूँगी। समझी ?"

एक बोझ से दबी हुई-सी हँसी हँसते हुए रंजना ने कहा—"पार्टी ? अरे हाँ, कल तेरी सालगिरह है न ! देख भाई, मैं पार्टी-वार्टी में तो जाती नहीं सो मुझे तो माफ़ करना। हाँ, तेरे लिए एक तेरे मन का तोहफ़ा ज़रूर भेजूँगी !"

"आ-हा !" अदा के साथ कामिनी बोली—"तो आप सोचती हैं हम आपके तोहफ़े के भूखे हैं ! उठा रखिए अपना तोहफ़ा ! बड़ी आईं तोहफ़ा भेजनेवाली ! कहे देती हूँ, ज़रूर आना है तुझे !" और वह चलने लगी।

"अरे बैठ तो, चाय पीकर जाना !"

"ज़रूर ! एक तू ही तो लाट साहब है, जो तेरे यहाँ बैठ जाऊँ, और सबों को बुलाने थोड़े जाना है !"—और चलते-चलते फिर ज़ोर देकर कह गई कि उसे कल ज़रूर आना है।

अगले दिन वक्त पर ढेर से फूलों का गुलदस्ता और नाइलन का एक रूपहली फ्रेंच पर्स लिए हुए वह कामिनी के यहाँ पहुँची।

बड़े प्यार से कामिनी ने उसे लिया। हॉल में वह दाख़िल हुई कि सबकी नज़रें उसी पर जा टिकीं, जैसे वह न जाने क्या हो ! यह बात

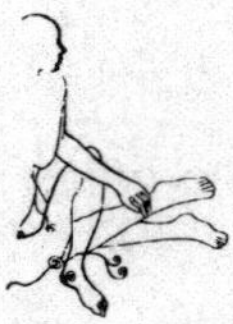

उसे बेहद नागवर लगती। वे तमाम नज़रें उसे बर्छी जैसी लगतीं, जो सब तरफ़ से उसके आर-पार होने की कोशिश में उसे न वहाँ ठहरने देतीं, न आगे बढ़ने लायक ही छोड़तीं।

हॉल में जितने शरीफ़जादे थे, उसके आते ही खुशी से नहा उठे। मगर महिलाओं में ऐसी कोई न थी, जिसका चेहरा फक़ से बुझ न गया हो। वे अब कुछ भी करें, वहाँ बैठे किसी नौजवान की निगाहों के लिए कशिश नहीं बन सकती थीं। उनकी सजावट और तमाम अदाएँ अब बेकार थीं। शायद ही कोई उनमें से हो, जिसके सीने में इस वक्त ईर्ष्या और गुस्सा न भड़क रहा हो।

किसी तरह हॉल को पार करके रंजना अपेक्षाकृत एक सुनसान कोने की ओर बढ़ चली जिससे वहाँ कुछ देर बैठ सके। कमरे में और सब तो था ही, सामने के कोने में आज एक नफ़ीस लकड़ी की छोटी-सी गोल मेज़ और उसी के साथ चार आरामकुर्सियाँ भी थीं। तीन खाली थीं, चौथी पर एक साहब बैठे थे और खिड़की के जालीदार पर्दों से टक बाँधे बाहर आसमान की तरफ़ देख रहे थे।

रंजना धीरे-से इधर की कुर्सी पर बैठी मगर जैसे उतने से ही उनकी निगाह के तार पर झटका लगा हो, उन्होंने चौंककर एक लम्हें को इधर देखा और फिर उनकी नज़र ज्यों-के-त्यों हो गई।

तभी रंजना को खोजती कामिनी वहाँ आई और तिनककर बोली—"अरे वाह, यहाँ कोने में आकर क्यों बैठी है ? उधर चल न !"

"नहीं, मैं यहीं ठीक हूँ, बीच में नहीं जाऊँगी।"

"अरे चल ना, नज़र नहीं लगेगी ! कहे तो काजल का टीका लगा दूँ ?" पर जब रंजना उठने को तैयार नहीं हुई तो पास बैठे युवक की ओर देखकर कामिनी बोली, "अच्छा तो लाओ, तुम दोनों का परिचय तो करा दूँ।"

युवक बोला, "मेरा परिचय ही करवा दो कामिनी, इन्हें तो सब जानते हैं।"

"ये हैं दिलीप ओझा, मेरे पापा के मित्र के सुपुत्र। यहाँ बिज़नेस के सिलसिले में आए हैं। जब तक जम नहीं जाता इनका काम, हमारे साथ ही ठहरे हैं। कुछ सनकी-से हैं, ज़रा सँभलकर बात करना।" और हँसती हुई कामिनी चली गई।

पर बात करने का मौक़ा ही नहीं आया। परिचय के उत्तर में शिष्टता के नाते उस युवक ने एक नमस्ते तो ज़रूर किया, लेकिन उसके बाद वह फिर बाहर देखने लगा। ऐसी उपेक्षा रंजना के लिए नई थी। वह समझ नहीं पा रही थी कि बाहर आख़िर ऐसा क्या आकर्षण है, जिसने इनकी नज़रों को यों अटका रखा है ?"

थोड़ी देर बाद दिलीप ने पूछा, "एतराज़ न हो तो मैं ज़रा सिगरेट पी लूँ ?"

"हाँ-हाँ, ज़रूर।"

"धन्यवाद," और उसके बाद धुएँ के छल्ले बनाकर वह उड़ाता रहा और जाने किन ख़यालों में खोया बाहर देखता रहा। उसने एक बार भी रंजना की ओर देखने की कोशिश नहीं की, मानो वह उसकी उपस्थिति ही भूल गया हो।

और रंजना थी कि इस उपेक्षा से बुरी तरह कट रही थी पर किसी तरह भी सामने बैठे व्यक्ति का ध्यान अपनी ओर आकर्षित नहीं कर पा रही थी।

तभी हॉल के बीच में से किसी ने प्रस्ताव रखा कि रंजना जी एक गाना सुनाने की कृपा करें। तालियों की भीषण गड़गड़ाहट से इस प्रस्ताव का अनुमोदन हुआ और कामिनी उसके कन्धों से झूम गई कि आज तो उसे गाना ही पड़ेगा।

यों वह पार्टियों में कभी नहीं गाती थी, मनुहार करके कोई मर

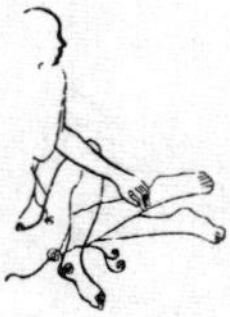

जाए तब भी नहीं। पर आज जाने क्या हुआ कि वह तुरन्त गा उठी।

गाना समाप्त होते ही प्रशंसा की लहर एक कोने से दूसरे कोने तक दौड़ गई, पर दिलीप अविचलित भाव से वैसे ही बैठा था, धुएँ के छल्ले छोटे-से बड़े हो-होकर बिखर रहे थे।

रंजना को लगा, उसका गाना भी बेकार हो गया। और अधिक देर बैठे रहना उसके लिए असह्य हो उठा। वह कामिनी से कहकर उठ पड़ी और हॉल की सारी नज़रों की चुभन को महसूस करती हुई झल्लाती-सी वह गाड़ी में आ बैठी।

तीन दिन बाद अनजाने ही वह कामिनी के घर की ओर चल पड़ी। जाने कौन-सा आकर्षण था, जो उसे उधर खींचे लिए जा रहा था। घर में घुसते ही दिलीप से उसकी मुलाक़ात हुई। नमस्कार के आदान-प्रदान के बाद रंजना ने पूछा, ''कामिनी है ?''

''वह तो बाहर गई है। आप बैठिए, वह आती ही होगी।''

बैठने की बात सुनकर ही उसे बड़ी राहत मिली। वह बैठ गई। सामने दिलीप भी बैठ गया। बात चलाई रंजना ने ही, ''कैसा लगता है बम्बई का जीवन आपको ?''

''ओफ़ ! बड़ा ही उबा देनेवाला। लगता है, जैसे यहाँ सबकुछ बड़ा आर्टिफ़िशियल है, सबकुछ नकली।''

''ऐसा क्यों लगता है ?''

''अरे लगता क्या है, है ही !'' और फिर उसने सिगरेट का एक लम्बा कश खींचा और ढेर सारा धुआँ उगलकर बोला, ''यहाँ के लिए नेचुरल भी है यह सब। बम्बई फ़िल्म-इंडस्ट्री का सबसे बड़ा केन्द्र जो है। अभिनय की आदत स्टूडियो की सीमाओं को चीरकर लोगों के जीवन में भी घुल-मिल गई है। जैसे लोग अभिनय ही करते हैं। जीवन का असली रूप देखने को ही नहीं मिलता।''

''बड़ा ऐतराज़ मालूम होता है अभिनय से आपको !''

“आपका यह काम ही है, इसलिए आपके सामने कहना तो नहीं चाहिए, पर सच तो यह है कि मुझे इस काम से बड़ी कोफ़्त होती है।”

“पर यह कोई ज़रूरी तो नहीं कि जो अभिनय का काम करे, उसका जीवन भी नक़ली हो जाए, यह तो आपका ग़लत ख़याल है।”

“सम्भव है ग़लत हो, पर मैं तो ऐसा ही सोचता हूँ।”

तभी कामिनी आ गई और रंजना को देखते ही चहक पड़ी। फिर तीनों में खूब बातें हुईं। उस दिन दिलीप भी काफ़ी बोल रहा था। काफ़ी देर बाद रंजना दोनों को घर आने का निमन्त्रण देकर लौट आई। पहले दिन दिलीप को लेकर उसके मन में जो क्रोध था, वह आज की मुलाक़ात से बहुत कुछ छँट गया।

इसके बाद किस प्रकार रंजना और दिलीप की मुलाक़ातों की संख्या और समय बढ़ता गया और मित्रता घनिष्ठ-से-घनिष्ठतर होती गई, यह लिखने की बात नहीं, कल्पना कर लेने की बात है। अगर आपकी कल्पना शक्ति इतनी प्रखर न हो, तो किसी फ़िल्म का सहारा ले लीजिए। आज की हर आम फ़िल्म में यही होता है कि प्रथम भेंट में नायक और नायिका की भृकुटी तनी रहती है पर देखते-ही-देखते एक चलताऊ रोमानी गाने के साथ नायिका की उस तनी हुई धनुषाकार भृकुटी से कामदेव का एक बाण निकलकर नायक के दिल में एक अदृश्य घाव कर देता है और फिर दोनों ढाई अक्षर के बन्धन में बँध जाते हैं। बस, समझ लीजिए ऐसा ही हाल रंजना और दिलीप का भी हुआ।

दिलीप का बिज़नेस जम गया था। उसने अँधेरी में एक बंगला भी ले लिया था, गाड़ी भी ख़रीद ली थी और रोज़ शाम को पाँच से नौ बजे तक का समय वह रंजना के साथ ही गुज़ारता था।

एक दिन रंजना ने पूछा, “क्यों दिलीप, पहली मुलाक़ात की याद

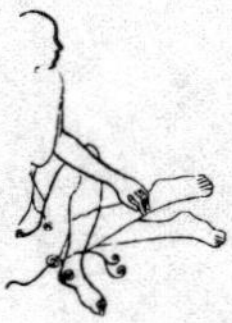

है तुम्हें ? उस दिन तुम्हारे मिज़ाज क्यों नहीं मिल रहे थे ? बड़ा गुस्सा आया था उस दिन तुम पर।''

दिलीप खिलखिलाकर हँस पड़ा।

''जानती हो, मैं लड़कियों की नस-नस पहचानता हूँ। तुम्हें देखते ही तुम्हें पाने की लालसा मन में जाग उठी और इसीलिए मैं मुँह मोड़कर बैठ गया। मैं जानता था कि ज़्यादा रुचि दिखाई नहीं कि तुम कतराकर चल दोगी। लड़की उसी की ओर खिंचती है, जो उसकी उपेक्षा करे। क्यों, ठीक है न ?''

''बड़े घाघ हो तुम !''

''घाघ न होता, तो तुम यों मेरी बग़ल में न बैठी होतीं !'' इसके बाद वह कुछ याद करके एकाएक बोल पड़ा, ''अरे हाँ, देखो मैं कल देहरादून जा रहा हूँ—बिज़िनेस के सिलसिले में।''

''तुम्हारा बिज़नेस न हुआ, मुसीबत हो गई। महीने में पन्द्रह दिन तो तुम बाहर ही रहते हो। जानते नहीं, तुम नहीं रहते हो तो मेरा मन ज़रा भी नहीं लगता। शाम को आख़िर क्या करूँ ? आजकल मैं नए कॉन्ट्रैक्ट भी नहीं लेती। तुम्हें चिढ़ है न, सो अब यह सब छोड़ दूँगी।''

'नहीं-नहीं, अभी नहीं ! पहले मेरा बिज़नेस जम जाने दो, शादी हो जाने दो। इसके बाद सब छोड़ देना। पर हाँ, शादी के बाद यह सब तुम्हें छोड़ ही देना होगा। इस लाइन में तो मैं तुम्हें कभी नहीं रहने दे सकता।''

''तुम कहो, तो मैं ऐसे सौ काम क़ुर्बान कर सकती हूँ !''

दिलीप ने कहा और रंजना ने मान लिया। पर मेरा दिल तो बैठा जा रहा है। दिलीप को अभिनेता बनाने की बात तो दूर रही, यह तो रंजना

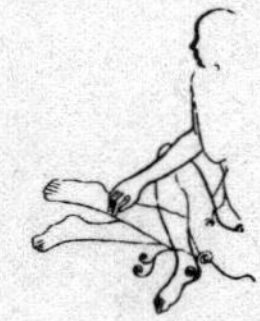

भी अभिनय का काम छोड़ने को तैयार बैठी है। और मैं सोच रही हूँ कि इन लोगों का यही रवैया रहा तो मेरे शीर्षक का क्या होगा। लगता है, जैसे इन्हें इस बात की ज़रा-भी चिन्ता नहीं है कि किस कहानी के ये नायक और नायिका हैं।

दूसरे दिन दिलीप चला गया। हर तीसरे दिन रंजना के पास उसका खत आ जाता और वह दिन-भर में कम-से-कम आठ-दस बार उसका पाठ कर लेती। दिलीप की अनुपस्थिति में उसके प्यार-भरे ख़त ही बहुत बड़ा सहारा थे।

पन्द्रह दिन बाद दिलीप लौट आया और उसका शाम का प्रोग्राम बदस्तूर चलने लगा।

एक दिन दिलीप ने आकर बताया, ‘‘जानती हो, कामिनी तलाक़ देने जा रही है।’’

‘‘हाँ, मैं तो बहुत पहले से जानती थी। एक तरह से तो अच्छा ही है, रोज़ की किटकिट से एक बार ही किस्सा ख़त्म।’’

‘‘तो तुम भी इस तलाक़बाजी में विश्वास करती हो ?...जानती हो, इसी अशोक के पीछे एक ज़माने में कामिनी पागल थी, आज उससे ऐसी नफ़रत कि तलाक़ पर उतारू हो गई है ! ऐसे छिछले प्रेम की मैं तो कल्पना भी नहीं कर सकता।’’

‘‘कमाल करते हो तुम भी। इसमें छिछलेपन की क्या बात हुई भला ? यह तो...’’

बीच में ही दिलीप बोल पड़ा, ‘‘तुम लाख तर्क कर सकती हो, वे सब मैं भी जानता हूँ, पर मानता नहीं। प्रेम की एकान्तिकता में मेरा बड़ा दृढ़ विश्वास है। तुम चाहे मुझे दक़ियानूस कहो या पुराणपन्थी, पर लैला-मंजनू का प्रेम ही मेरे प्रेम का आदर्श है। कल मान लो, किसी कारण से मैं तुम्हें नहीं पा सकूँ तो सच कहता हूँ, जान

दे दूँ ! तुम्हारे बिना तो मैं अपने जीवन की कल्पना भी नहीं कर सकता !"

कहने को रंजना कुछ भी कहे, पर दिलीप का यह एकान्तिक प्रेम उसे बड़ा ही भला लगा।

इसके कई दिनों बाद दिलीप एक दिन आया तो वह बड़ा ही उदास, बड़ा ही अनमना था। रंजना बार-बार पूछती थी, लेकिन वह टाल जाता था। पर रंजना की जिद्द थी कि बात उसे कहनी ही पड़ी, "रंजना, मुझे बाहर जाना है एक ज़रूरी काम से। बाहर कुछ जगहों में मेरा रुपया अटका हुआ है, पता नहीं क्यों, अभी तक आया ही नहीं। बिना रुपए के मैं जा नहीं सकता, और बिना गए बड़ा नुक़सान हो जाएगा।"

"मैं नहीं जानती थी दिलीप कि तुम मुझे इतना पराया समझते हो। यदि तुम मुझे अपना समझते, तो इतनी-सी बात के लिए यों परेशान होते ?" और उसकी आँखें छलछला आईं। उसने दराज़ में से चेक-बुक निकाली और दस्तख़त करके एक खाली चेक दिलीप की ओर बढ़ा दिया—"भर लेना, जितना भी तुम्हें चाहिए।"

"तुम्हीं अपने हाथ से भर दो। बारह हज़ार ही तो चाहिए मुझे इस समय।"

"कितने दिन लगेंगे तुम्हें बाहर ?" पूछा रंजना ने।

"यहाँ से मैं देहरादून जाऊँगा और वहाँ से दिल्ली। इस बार घर जाकर मैं शादी की बात भी तय कर आना चाहता हूँ जिससे लौटते ही हम लोग फिर शादी कर सकते हैं। बस, यही समझ लो कि पन्द्रह दिन की बात है।"

"छः तारीख़ को मेरी सालगिरह है, उसके पहले जरूर आ जाना, समझे ?"

"अरे छः क्या, मैं अधिक-से-अधिक पहली तारीख़ तक पहुँच

जाऊँगा। तुम्हारी सालगिरह और मैं न रहूँ !'' और उसने बड़े दुलार से उसकी ठोढ़ी उठाकर हलके से उसके गाल मसल दिए।

वह लाज से लाल हो गई।

जाने के बाद तीन-चार पत्र दिलीप के बड़े नियमित रूप से आए। पर इसके बाद उसकी कोई ख़बर ही नहीं आई। यहाँ तक कि पहली तारीख़ भी आ गई, पर न दिलीप ही लौटकर आया, न उसकी कोई ख़बर ही। रंजना ने कई पत्र लिखे, पर कोई जवाब नहीं। इसी तरह पाँच तारीख़ भी आ पहुँचीं। कल से कई बार रंजना रो चुकी है। पर आँसुओं के ज़ोर से ही यदि पत्र पाना सम्भव होता तो उसे इतनी प्रतीक्षा करने की ज़रूरत ही क्या पड़ती ?

शाम को रंजना ने गाड़ी ली और उसके घर की तरफ़ चल पड़ी। शायद उसके नौकर के पास ही कोई ख़बर आई हो। इसके पहले रंजना केवल एक बार उसके घर आई थी सो घर ढूँढ़ने में ज़रा दिक़्क़त हुई। फिर भी वह पहुँच गई।

नौकर के पास भी कोई ख़बर नहीं थी। रंजना की इच्छा हुई कि वहीं फूट-फूटकर रो पड़े। वह सर थामकर वहीं बैठ गई। सामने राइटिंग टेबल पर दिलीप की एक तस्वीर रखी थी। रंजना उठकर उसके पास चली गई और बहुत देर तक उसे देखती रही। एकाएक उसे ख़याल आया कि क्यों न तार देकर वह उसकी कुशल पूछे। सम्भव है, वह बीमार हो गया हो। तार लिखने के लिए वह मेज़ का ड्राअर खोल कागज़ निकालने ही वाली थी कि ड्राअर में ढेर सारे नीले रंग के पत्रों पर उसकी नज़र अटक गई। अपने कौतूहल को वह रोक नहीं सकी और पत्र निकालकर पढ़ने लगी। रेखा नाम की लड़की ने वे पत्र देहरादून से लिखे थे और ऊपर से नीचे तक के वे प्रेम-पत्र थे। रंजना का माथा चकरा गया। जल्दी-जल्दी काँपती आँखों से उसने अनेक पत्र पढ़ डाले। सबका क़रीब एक ही मज़मून था, तुमने वायदा किया था

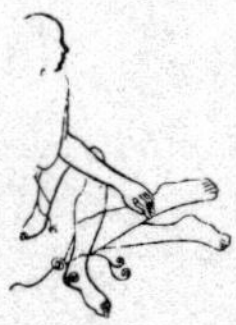

कि बिज़नेस के जमते ही विवाह कर लोगे। अब तक तुम्हारा बिज़िनेस ही नहीं जमा ? विवाह कब करोगे ? और इस बात के आगे-पीछे बहुत सारी प्यार-मुहब्बत की बातें लिखी थीं।

रंजना के लिए यह दूसरा धक्का थां। उसे रह-रहकर दिलीप की प्यार-भरी बातें याद आ रही थीं, और वह किसी प्रकार अपनी आँखों पर विश्वास नहीं कर पा रही थी, पर वे पत्र थे कि कोंच-कोंचकर उसे उस भयंकर वास्तविकता का परिचय दे रहे थे। रंजना ने ड्राअर को और टटोलना शुरू किया, तो एक सफेद कागज़ उसके हाथ पड़ा। वह पढ़ने लगी :

प्रिय बेटा दिलीप,

यह पत्र मेरी अन्तिम चेतावनी है। इसकी भी तुमने उपेक्षा की तो समझ लो कि मैं स्वयं तुम्हारी पत्नी और बच्ची को लेकर बम्बई पहुँच जाऊँगा। मैंने सुना है कि तुम देहरादून की किसी लड़की के चक्कर में फँसे हुए हो। कितनी लज्जा और शर्म की बात है यह तुम्हारे लिए ! तुमने अपनी इच्छा से विवाह किया–दो वर्ष तक तुम लोगों के सम्बन्ध भी इतने अच्छे रहे फिर एकाएक ही बिना किसी दोष के अपनी निर्दोष पत्नी और मासूम बच्ची को यों दूध की मक्खी की तरह अपने जीवन से निकाल फेंकने में क्या एक बार भी तुम्हारी आत्मा नहीं तिलमिलायी ? पर याद रखो, मेरे जीते-जी ऐसा अनर्थ नहीं हो सकेगा। या तो यह पत्र पाते ही तुम फ़ौरन चले आओ, वर्ना मैं स्वयं आकर तुम्हारी अमानत तुम्हारे हवाले कर दूँगा।

इसके बाद बहुत-सी उपदेश की बातें थीं । अन्त में लिखा था, आज ही मुझे मालूम हुआ है कि तुम वकील साहब से बारह हज़ार रुपए भी उधार ले गए थे और आज तक तुमने उनको एक पाई भी अदा नहीं की। वह जल्दी ही तुम पर कानूनी कार्रवाई करनेवाले हैं।

क्यों इस प्रकार ख़ानदान की नाक कटवाने पर तुले हो ? क्या तुम्हें मेरी इज़्ज़त का ज़रा भी ख़याल नहीं ?

इसके बाद आँसुओं में शब्द इतने धुँधले हो गए कि रंजना पढ़ भी नहीं पाई। उसके दिमाग़ में उस समय एक ही बात चक्कर लगा रही थी, इतना बड़ा छल, इतना बड़ा धोखा !

तार लिखने के बजाय एक काग़ज़ पर उसने लिखा :

दिलीप,

मैं तो केवल रंगमंच पर ही अभिनय करती हूँ, पर तुम्हारा तो सारा जीवन ही अभिनय है। बड़े ऊँचे कलाकार और सधे हुए अभिनेता हो तुम तो मेरे दोस्त !

—रंजना

और टूटा दिल लिए वह डगमगाते क़दमों से लौट आई।

मैं नहीं जानती, उसके बाद रंजना का क्या हुआ, दिलीप का क्या हुआ। मैं तो इसी में खुश हूँ कि मेरी कहानी का शीर्षक सार्थक हो गया।

श्मशान

रात के दस बजे होंगे। श्मशान के एक ओर डोम ने बेफ़िक्री से खाट बिछाते हुए कबीर के दोहे की ऊँची तान छेड़ दी, ''जेहि घट प्रेम न संचरै, सोई घट जान मसान !''

श्मशान का दिल-भर आया। एक सर्द आह भरकर उसने पहलू में खड़ी पहाड़ी से कहा, ''मैं इनसान को जितना प्यार करता हूँ, उतनी ही घृणा उससे पाता हूँ। सभी मनुष्य यही चाहते हैं कि जीते जी उन्हें मेरा मुँह न देखना पड़े। पर वास्तव में मैं इतना बुरा नहीं हूँ। संसार में जब मनुष्य को एक दिन के लिए भी स्थान नहीं रह जाता, तब मैं उसे अपनी गोद में स्थान देता हूँ। चाहे कोई अमीर हो या गरीब, वृद्ध हो या बालक, मैं सबको समान दृष्टि से देखता हूँ। पर इससे क्या होता है ? मेरे पास वह प्रेम नहीं, जो मनुष्य की सबसे बड़ी निधि है। मेरे दिल में मुहब्बत का वह चिराग रोशन नहीं होता, जिसके बल पर मैं उसके दिल में अपने लिए थोड़ा-सा स्थान बना सकता। नहीं जानता खुदा ने मेरे साथ ऐसी बेइंसाफी का सलूक क्यों किया ?''

शहर और श्मशान के बीच खड़ी पहाड़ी मुस्करा दी। उसकी यह व्यंग्यात्मक मुस्कराहट श्मशान के हृदय में चुभ गई। उसने पूछा, ''क्या तुम्हारी कभी यह इच्छा नहीं होती कि तुम्हारे पास भी इनसान की तरह प्रेम-भरा दिल होता, जिसमें अपने प्रिय के लिए मर मिटने की तमन्ना

मचलती रहती है। कभी-कभी दूर-दूर से हवाएँ आती हैं और लैला-मजनूँ और शीरीं-फ़रहाद की प्रेम-कहानियाँ मुझे सुना जाती हैं तो सच मानना, मैं तड़पकर रह जाता हूँ कि काश ! मैं भी मजनूँ होता और लैला के वियोग में अपने को क़ुर्बान कर देता। प्रिय की प्रतीक्षा में, राह में पलकों के पाँवड़े बिछाकर बैठा रहता। सावन की उठी घटाएँ मेरे मन में हूक उठतीं और बसन्त की सुरमई साँझें मेरे मन में तड़प बनकर रह जातीं। प्रिय का जीवन ही मेरा जीवन होता और उसकी मौत मेरी मौत। पर क्या करूँ, ईश्वर ने तो मुझे श्मशान बनाया है, जिसके हृदय में मुहब्बत नहीं, प्रेम नहीं, स्निग्धता नहीं, सरसता नहीं, केवल धू-धू करती आग की लपटें हैं।''

एक आँख से श्मशान को और दूसरी आँख से शहर को और उसमें बसे इनसानों को देखनेवाली पहाड़ी ने पूछा, ''बड़ी तमन्ना है इनसान बनने की ?''

श्मशान ने कहा, ''तमन्ना ! मनुष्य के पास जैसा प्रेममय हृदय है, उसे पाने के लिए मैं अपने जैसे सौ जीवन क़ुर्बान कर सकता हूँ।''

पहाड़ी मुस्करा दी।

इतने में ही किसी करुण क्रन्दन ने श्मशान के शुष्क हृदय को दहला दिया। एक छोटी-सी भीड़ किसी शव को लिए चली आ रही थी। उसमें एक सुन्दर नवयुवक फूट-फूटकर रो रहा था, मानो किसी ने उसका सर्वस्व लूट लिया हो। लाश उतारी गई। वह उस नवयुवक की पत्नी थी। युवक का क्रन्दन श्मशान के हृदय को बेध गया।

सारा क्रिया-कर्म समाप्त कर जैसे-तैसे उस युवक को सँभालकर वे लोग ले गए और श्मशान सोचता रहा, कितना प्यार करता होगा यह अपनी पत्नी को। काश, मैं भी किसी को इतना प्यार कर सकता।

दूसरे दिन साँझ के धुँधले प्रकाश में श्मशान ने देखा, वही युवक आ रहा है। उसके कल के और आज के चेहरे में ज़मीन-आसमान का

अन्तर था। एक रात में ही जैसे वह बूढ़ा हो गया था। आँखें सूजकर लाल हो गई थीं। वह पागलों की तरह लड़खड़ाता हुआ और अपनी पत्नी की राख बटोरने लगा। कुछ देर तक वह हिचकियाँ लेता रहा और उसकी आँखों से निरन्तर अश्रु बहते रहे। फिर जैसे भावनाओं का बाँध टूट गया, वह सिर फोड़-फोड़कर रोने लगा और चीखने लगा—"तुम मुझे छोड़कर कहाँ गई सुकेशी ? याद है, कितनी बार तुमने कसमें खाई थीं कि ज़िन्दगी-भर तुम मेरा साथ दोगी पर ? दो वर्षों में ही तुम तो मुझे अकेला छोड़कर चली गईं। अब मैं तुम्हारे बिना जीवित नहीं रह सकता। तुम मुझे अपने पास बुला लो, नहीं तो मुझे ही तुम्हारे पास आने का कोई उपाय करना पड़ेगा। तुम नहीं तो मेरे जीवन का कोई अर्थ नहीं, कोई सार नहीं, कोई रस नहीं—तुम्हीं तो मेरा जीवन थीं, मेरी प्रेरणा थीं। अब मैं जीवित रहकर करूँगा ही क्या ? मुझे अपने पास बुला लो, मैं तुम्हारे बिना नहीं रह सकता, नहीं रह सकता, किसी तरह भी नहीं रह सकता। इसी प्रकार वह विलाप करके रोता रहा, सिर फोड़ता रहा और मूक श्मशान अपनी सूखी, पथराई आँखों से इस दृश्य को देखता रहा। इनसान बनने की, प्रेम करने की और अपने प्रिय के वियोग में इसी नवयुवक की भाँति मर मिटने की तमन्ना और अधिक ज़ोर पकड़ती रही। वह यही सोचता रहा, काश ! मैं भी किसी को इसी तरह दिलोजान से प्यार कर सकता !

उसके पहलू में खड़ी पहाड़ी मुस्कराती रही।

रो-धोकर वह व्यक्ति तो चला गया पर श्मशान के हृदय को उसके आँसू गर्म सलाखों की तरह दग्ध करते रहे। उसने पहाड़ी से कहा, "इस व्यक्ति की व्यथा ने मेरे हृदय को मथ डाला। यों तो यहाँ रोज़ ही ऐसे कितने ही व्यक्ति आते हैं, पर जाने क्यों, इसके दुख में, इसकी वेदना में ऐसा क्या था, जो मैं कभी नहीं भूल सकूँगा। तुम देखना, अब यह जीवित नहीं रहेगा। एक दिन में ही अपनी प्रेयसी के वियोग

में जिसने अपने शरीर को आधा बना डाला हो, वह भला कितने दिन इस प्रकार जीवित रह सकेगा ? वह अवश्य ही रो-रोकर प्राण दे देगा, और मैं भी चाहता हूँ कि वह मेरी गोद में आ जाए और मैं दोनों को हमेशा के लिए मिला दूँ !''

सारे दिन वह युवक के शव की प्रतीक्षा करता रहा, पर शव न आया। हाँ, आसमान में जब साँझ का धुँधलका छाने लगा तो वह युवक स्वयं आया और वैसे ही पागलों की तरह प्रलाप करता रहा। तीन-चार दिन तक यह क्रम बना रहा फिर युवक का आना भी बन्द हो गया। पर श्मशान उसे भूल न सका। प्रत्येक शव को वह जाने किस उत्सुकता से देखता, और फिर कुछ खिन्न हो जाता।

एक दिन उसने पहाड़ी से पूछा, ''तुम्हें तो शहर का कोना-कोना दिखाई देता है, बता सकती हो, उस युवक का क्या हाल है ?''

पहाड़ी ने मुस्कराते हुए कहा, ''नहीं।''

श्मशान ने कहा, ''मेरा अन्तःकरण रह-रहकर कह रहा है कि अवश्य ही उसने आत्महत्या कर ली होगी। वह शायद नदी में डूब गया होगा, या किसी ऐसे ही उपाय से उसने अपना अन्त कर लिया होगा कि मैं उसकी लाश को भी नहीं पा सका। मेरी कितनी तमन्ना थी कि मैं उसे उसकी प्रिया के पास पहुँचा देता।''

पहाड़ी ने पूछा, ''तुम्हें विश्वास है कि वह मर गया होगा ?''

श्मशान खीझ उठा, ''तुम तो बिल्कुल ही पत्थर हो। जिसके हृदय को प्रेम की पीर ने बेध दिया हो, वह कभी जीवित नहीं रह सकता।''

पहाड़ी केवल मुस्करा दी।

दिन आए और चले गए। अपने आँचल में इनसानों को अपने प्रेमियों के वियोग में आँसू बहाते देख श्मशान का मन इनसान के प्रति और अधिक श्रद्धालु होता गया, यह एक क्रम-सा हो गया कि श्मशान इनसान के अलौकिक गुण गाया करता और पहाड़ी मुस्कराया करती।

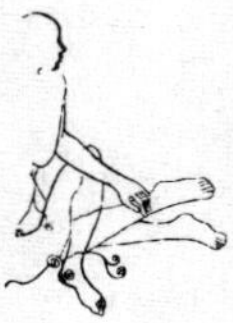

इसी प्रकार तीन वर्ष बीत गए। तीन वर्ष की लम्बी अवधि भी श्मशान के मन से उस सुन्दर युवक की व्यथा को न पोंछ सकी। वह अक्सर उसकी बात करता। उसके उन आँसुओं की बात करता, जो उसने अपनी प्रेयसी के वियोग में बहाए थे। उसके उस अनुपम प्रेम की बात करता, जिसने उसे अवश्य ही आत्महत्या के लिए बाध्य कर दिया होगा। उसके उस करुण विलाप की बात करता, जो आज भी उसके हृदय को मथे डाल रहा था।

तभी एक दिन फिर उसका हृदय किसी परिचित स्वर की करुण चीत्कारों से दहल उठा। उसने देखा, वही सुन्दर युवक एक छोटी-सी भीड़ के साथ किसी शव को लिए आ रहा है। श्मशान ने सोचा, वह अभी जीवित है। अब इस अभागे पर ईश्वर ने कौन-सा दुःख डाला है।

पर वहाँ पर जो बातचीत हो रही थी, उससे यह समझने में देर न लगी कि यह भी उसकी पत्नी ही थी। सब लोग यही कह रहे थे, ''इसके भाग्य में पत्नी का सुख ही नहीं लिखा है। वर्ना पाँच ही वर्ष में यों दो-दो पत्नियाँ न छोड़ जातीं अभी बेचारे की उम्र ही क्या है...''

आज भी युवक का क्रन्दन अत्यन्त करुण था, आज भी उसकी चीत्कारें हृदय को दहला देनेवाली थीं, आज भी उसके आँसू गर्म सलाखों की भाँति हृदय को दग्ध कर देनेवाले थे। उसके पहले दिन के रूप में और आज के रूप में कोई विशेष अन्तर नहीं था। जैसे-तैसे धीरज बँधाकर और पकड़कर लोग उसे ले गए।

श्मशान के मन में वर्षों से मनुष्य के अलौकिक प्रेम की जो धारणा जमी हुई थी, उसको पहली बार हल्का-सा धक्का लगा। सन्ध्या समय वह युवक फिर आया और अपनी पत्नी की राख में लोट-लोटकर विलाप करने लगा, ''मैंने स्वप्न में भी नहीं सोचा था कि तुम मुझे

इस प्रकार छोड़कर चली जाओगी। यदि मुझे इसी तरह मँझधार में छोड़कर जाना था, तो मेरा साथ ही क्यों दिया ? अब मैं तुम्हारे बिना कैसे जीवित रहूँगा ? तुमने अपनी मधुर मुस्कानों से एक दिन में ही मेरे मन से सुकेशी की व्यथा पोंछ दी थी। मैं मन-प्राण से तुम्हारा हो गया। तुम ही तो मेरा प्राण थीं अब यह निष्प्राण देह कैसे जीवित रहेगी ? कितने दिन जीवित रहेगी ? मुझे अपने पास बुला लो, अब मैं इस संसार में नहीं रह सकूँगा। सुकेशी तो मेरी अनुगामिनी थी इसीलिए शायद मुझे उसका अभाव नहीं खटका, पर तुम तो मेरी सहगामिनी थीं, हम तो दो शरीर एक प्राण थे। जब प्राण ही चले गए तो शरीर का क्या प्रयोजन !''

इसी प्रकार वह रोज़ आता, घंटों विलाप करता और चला जाता। उसके आँसुओं में कुछ ऐसी शक्ति थी, उसके विलाप में कुछ ऐसी सच्चाई थी कि श्मशान के मन में पहले जो एक हल्की-सी सन्देह की रेखा उभर आई थी, वह भी मिट गई।

एक बार फिर श्मशान उसके शव की प्रतीक्षा करने लगा, और अधिक दृढ़ विश्वास के साथ कि इस बार के धक्के ने अवश्य ही उसके जीवन का अन्त कर दिया होगा। श्मशान बराबर मन में यह साध सँजोए बैठा रहा कि कब वह उस युवक और उसकी पत्नी को अपनी गोद में सदा के लिए मिला दे। ऐसा मिलाप, जिसमें वियोग का भय न हो, बिछुड़ने की आशंका न हो। पर उसका शव न आया। उसके हृदय की लालसा, लालसा ही बनी रही।

फिर वही ढर्रा चल पड़ा। रोज़ ही न जाने कितने शव जलते, मनुष्य रोते, श्मशान मुनष्य के अलौकिक प्रेम के गुण गाता और पहाड़ी मुस्कराती। अन्तर था तो केवल इतना कि श्मशान के स्वर में कुछ उतार आ गया था और पहाड़ी की मुस्कराहट में व्यंग्य कुछ अधिक स्पष्ट और प्रखर हो गया था।

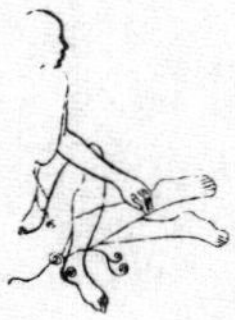

दो वर्ष भी नहीं बीत पाए होंगे कि श्मशान के कानों में फिर वही परिचित स्वर सुनाई पड़ा और उसके आश्चर्य का ठिकाना नहीं रहा, जब उसने देखा कि वह युवक इस बार अपनी तीसरी पत्नी के शव को जलाने आया है। उसने सोचा, शायद बिना प्रेम के ही उसने मजबूरी की हालत में यह विवाह कर लिया हो। पर जब उस युवक का विलाप सुना तो वह भ्रम भी जाता रहा। आज भी उसका क्रन्दन उतना ही करुण था, आज भी उसकी चीत्कार हृदय को दहला देनेवाली थी, आज भी उसके अश्रु गर्म सलाखों की भाँति दग्ध कर देनेवाले थे। उसके पहलेवाले रूप में और आज में कोई अन्तर न था। उसकी बातें भी वही थीं, केवल इतना अन्तर था कि आज उसे अपनी तीसरी पत्नी ही सबसे अधिक गुणी दिखाई दे रही थी। वह दावा कर रहा था कि तीसरी पत्नी से ही उसका सच्चा प्रेम था, पहली दो स्त्रियों का प्रेम बचपना था, नासमझी थी। पहली उसकी अनुगामिनी थी, दूसरी सहगामिनी, तो तीसरी उसकी अग्रगामिनी थी, उसकी पथ-प्रदर्शिका थी, जिसके बिना वह एक क़दम भी आगे नहीं बढ़ सकता है। उसको अब मरना ही होगा, उसके बिना वह एक दिन भी जीवित नहीं रह सकता। वही पुरानी बातें, वही विलाप, वही क्रन्दन, मानो इसका भावना के साथ कोई सम्बन्ध ही न हो, कंठस्थ पाठ की तरह वह उसे दुहरा रहा हो।

मनुष्य के अलौकिक प्रेम की जिस भावना को श्मशान अपने हृदय में बड़े यत्न से सँजोए बैठा था, उसका वही हृदय इस दृश्य से पत्थर हो गया। वह अवाक्, विमूढ़-सा देखता रहा। उसकी दृष्टि पथराई हुई थी, उसमें एक प्रश्न साकार हो उठा था।

पहाड़ी ने उसकी यह हालत देखी तो तरस खाकर बोली, "सचमुच तुम मूर्ख हो ! इतना भी नहीं समझते कि जो इनसान प्रेम करता है, उसे जीवन भी कम प्यारा नहीं। वह प्रेम की स्मृति, कल्पना, और

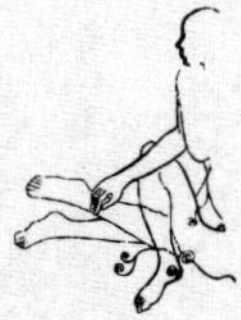

आध्यात्मिक भावना पर ही ज़िन्दा नहीं रहता। जीवन की पूर्णता के लिए वह फिर-फिर प्रेम करता है। जीवित रहने की ललक के चलते ही तो वह हर वियोग झेल लेता है...व्यथा सह लेता है क्योंकि सबसे अधिक प्रेम तो मनुष्य अपने आप से करता है।

दीवार, बच्चे और बरसात

''कौन...शन्नो बीबी ? आओ भई, कभी हम बेपढ़े-लिखों के बीच में भी बैठ जाया करो।'' और भाभी बड़े स्नेह से पकड़कर मुझे ज़नानी बैठक में ले गईं।

''अरे ये तो शन्नो है, मैंने सोचा भग्गो आ गई। आओ शन्नो बेटा, आओ। शैल तो आज खाना खाते ही चली गई। तीन दिन इस मेह के मारे कहीं जा नहीं सकी थी, सो आज जैसे ही पानी थमा कि निकल गई। तुम पढ़ी-लिखी लड़कियों को तो घर बस जाने काटे हैं।'' अम्मा के स्वर में कुछ शिकायत का पुट था।

''शैल बीबी नहीं हैं तो क्या हुआ, हम तो हैं, आज हमारी पंचायत में ही बैठ जाएँगी।'' मँझली भाभी ने ऊन का गोला बनाते हुए कहा।

''भग्गो भाभी नहीं आईं अभी तक, बड़ी देर कर दी आज।'' रामेश्वर की माँ के स्वर में बेचैनी छलकी पड़ रही थी।

''अब तो भग्गो आएगी तभी सारी बात मालूम होगी। अरे, नहीं हो तो बाहर से किसी बच्चे को दौड़ा दो, जाकर बुला लाएगा।'' अम्मा ने आदेश दिया। भाभी बाहर गईं और थोड़ी देर में लौटकर बोलीं, ''तुम्हीं कहो अम्मा, मेरी तो कोई बात ही नहीं सुनै है। भूत होकर खेल रहे हैं मरे सबके सब। इस घर के बच्चे क्या हैं, आफ़त-है-आफ़त !''

तभी पान चबाती, पीक से दोनों होंठ रंगे, हाथ में क्रोशिए की

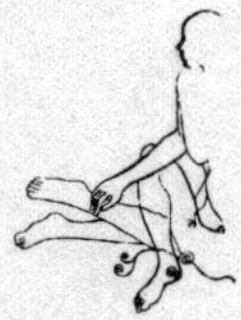

अधबुनी बेल लिए भग्गो भाभी ने प्रवेश किया। सबके चेहरे पर उत्साह की नई लहर दौड़ गई। भग्गो भाभी ने आते ही अपनी दस साल की बिटिया को तो बाहर खेलते बच्चों की बटैलियन में भेज दिया और गोद के बच्चे को वहीं बिछी दरी पर सुला दिया। फिर बड़े रहस्यात्मक ढंग से मुस्कराकर पूछा—

"क्यों अम्मा, क्या हाल हैं तुम्हारी ऊपरवाली नई किराएदारिनी के ?"

"अरे उसकी बात छोड़ो, असल बात तो तुम बताओ कि कैसे सब हुआ, तुम्हारे घर के तो एकदम ही सामने रहे थी ?" उत्तर सुनने को सबके हाथ थम गए थे और बेहद जिज्ञासु आँखें भग्गो भाभी के चेहरे पर जा टिकी थीं।

"अरे बाबा, अब एक बात हो तो बताऊँ। जानने को तो मैं राई-रत्ती जानूँ, पर मैं तो कहूँ, ऐसे भिरष्ट लोगों की बात करके कौन मरी अपनी जीभ गन्दी करै।"

"पर उसके तो सास-ससुर का भी कोई टंटा नहीं था, दोनों लोग-लुगाई ही तो रहा करै थे। फिर आदमी भी अच्छा कमावै था, सकल-सूरत का भी अच्छा ही था, फिर क्यों भाग गई मरी ?"

"सोई तो हमारी भी समझ में नहीं आ रहा है।" अम्मा ने कहा।

"मैं तो कहूँ अम्मा ! ये पढ़ी-लिखी लड़कियाँ जो न करैं सो थोड़ा है। शन्नो बीबी बुरा मत मानना, मैं तो सच्ची बात कहूँ हूँ, इस पढ़ाई निगोड़ी ने औरतों का धरम-करम तो सब डुबो दिया।"

"अरे, पढ़ाई बिचारी क्या करै, यह तो अपने-अपने लक्ष्णों की बात है। पढ़ने को तो हमारी शैल भी पढ़ै है, यह शन्नो भी पढ़े है, पर क्या मजाल जो कोई ऐसी-वैसी बात कर दें।" अम्मा को पढ़ी-लिखी लड़कियों की यह आलोचना ज़रा अखर गई थी।

"अब दोस जिसे चाहो दो, हम तो यह जाने हैं अम्मा कि पहले

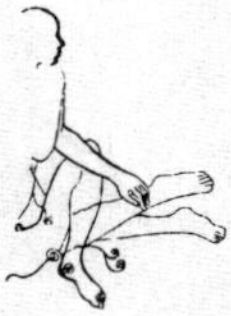

की लड़कियाँ ऐसा नहीं करै थीं। यह तो ख़सम अच्छा था, और नहीं भी हो तो क्या यों छोड़कर भागा जाए ? हद्द कर दीनी उसने तो। हमारे तो रानी बीबी के पास आया-जाया करै थी, मैंने तो तभी अम्मा से कह दीनी थी कि लड़की का चाल-चलन अच्छा नहीं लगै है, रानी बीबी से ज्यादा मेलजोल मत बढ़ाने दो। लड़की की जात को बिगड़ते कित्ती देर लगै है भला !''

भग्गो भाभी का यह पुराण समाप्त ही नहीं हो रहा था और सबका कौतूहल था कि बुरी तरह बढ़ा चला जा रहा था।

''अरे भग्गो, सारी बात खोलकर बतावै ना, हम तौ जब से बैठे तेरी राह देख रहे थे।''

''अब क्या बतावै अम्मा, हमारी तो आदत नहीं है दूसरों की बातों में पड़ने की। हमें क्या लेना-देना किसी से ? घर में रहे थी तो कौन मरी हमारे काम आवै थी, और भाग गई तो कौन हमारी नींद हराम हो गई। ये तो पड़ोस में रहै थी और थोड़ा आना-जाना था सो ऐसी बात मुँह से निकल गई, नहीं तो मेरी आदत...''

''अरे छोड़ो ना आदत-आदत लगाई है—नींद हमारी कौन हराम हो रही है ? पर अब एक मोहल्ले में रहे हैं तो सबके दुख-सुख में साझीदार होने का फरज हो ही जावै है। एक घर की नेकनामी और बदनामी सारे मोहल्ले की नेकनामी और बदनामी होवै है। ये तो मरा अब जमाना ही ऐसा आ गया है कि लोगों को अपने सिवा किसी से मतलब ही नहीं, नहीं पहले तो एक घर की इज़्ज़त सारे गाँव की इज़्ज़त हुआ करै थी।''

''उसकी अम्मा तुम्हारे ऊपर ही तो रहे है, जाकर पूछ लो न कि क्यों भागी तुम्हारी लाड़ो ?''

''अब अम्मा काहे बताने लगी ? बेटी पापनी तो भी आपनी।''

''ऊपरवाली तो सवेरे से बस रो-ही-रो रही है—जाने कैसा जी हो

रहा होगा बिचारी का।" छोटी भाभी के स्वर में सहानुभूति का पुट था।

"किसी के साथ भागी है या अकेली ? घर से कुछ ले-लाकर गई है क्या ?" बड़ी भाभी ने भग्गो भाभी को खुलवाने का नया ढंग अख्तियार किया।

"अब घर से तो अकेली ही गई है, पर होगा कोई यार-दोस्त, जिसके घर जा बैठेगी। मरी के सत्तर यार आया करैं थे। धेला-पाई कुछ नहीं ले गई, बड़े ठसके से गई है। हाथ-गले का जेवर तक उतार गई और कह गई कि मैं किसी की दबैल होकर नहीं रह सकूँ। खुद कमाकर खा लूँगी।"

"दैया रे, बड़ी हिम्मतवाली निकली।" छोटी भाभी ने आश्चर्य से कहा।

"अरे रहने दे, भौत देखी हैं ऐसी हिम्मतवाली ! किसी से पहले से ही साँठ-गाँठकर रखी होगी, जिसके बूते पर उछल रही होगी। बिना मरद की सह पाए औरत में ऐसी हिम्मत नहीं आ सकै। क्यों शन्नो बीबी, तुम भी तो पढ़ी-लिखी हो...बोलो, यों घर छोड़कर अकेले कमाकर खा सको हो ?"

"लियाक़त हो तो क्यों नहीं रह सके ? आजकल भौत लड़कियाँ कमाकर खावै हैं कि नहीं ?" मँझली भाभी ने कहा।

"भाड़ में गई ऐसी लियाक़त। लियाक़त हो तो यों ख़सम को छोड़कर चली जाओ।" भग्गो भाभी ने हाथ नचाकर कहा।

"पर झगड़ा किस बात पर हुआ था, आख़िर गई क्यों ?" अम्मा मूल बात तक पहुँचने को बेताब हो रही थीं।

"अब कोई एक बात हो तो बताऊँ, वहाँ तो हर बात में ही झगड़ा हौवे था। असल बात तो यह है कि ज़्यादा पढ़-लिखकर और आज़ादी पा-पाकर छोरियों के दिमाग़ बिगड़ जावै हैं। एक तो ब्याह उसका

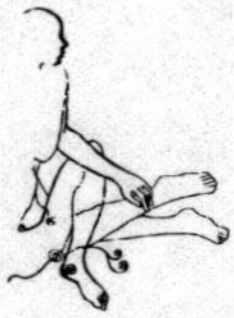

पच्चीस बरस की उमर में हुआ। भला अब तुम्हीं बताओ, यह भी कोई ब्याह की उमर है ? पच्चीस बरस की उमर में तो तुम जानो, मैं चार बच्चों की माँ हो गई थी। सुनै हैं, पहले तो वह कहा करै थी कि मैं ब्याह करूँगी ही नहीं। बस साइकिल लेकर सारा शहर नापा करै थी। माथा उघाड़कर, दो चोटे लटकाकर न जाने कहाँ-कहाँ के छोरों के बीच ही-ही-ठी-ठी हुआ करै थी, मौज मिले तो कौन मरा ब्याह करेगा ? फिर माँ बहुत रोई बतावें, सारे घरवाले दुखी हो गए तो रानीजी ने ब्याह किया पर ब्याह के बाद वह मौज-मस्ती कहाँ से आवै, जो पहले थी, बस रोज झगड़े होने लगे।''

''पर उसका आदमी तो पढ़ा-लिखा है, फिर शादी भी तो उसने अपनी इच्छा से फिर क्यों टंटा हो गया ?'' यह जिज्ञासा बड़ी भाभी की थी। ''ब्याह के साथ घर के झंझट जो लगे हैं...उसमें कैसे हो सकै है यार-दोस्तों के साथ मौज-मस्ती ?''

''पर ब्याह की भी तो अपनी मौज-मस्ती होवै है।'' छोटी भाभी ने भैया के साथ रंग-रेलियों को आँखों के आगे साकार करते हुए कह तो दिया, फिर अम्मा की उपस्थिति से एकदम झेंप गईं।

''यही तो सारा रोना-धोना है। मेरी तो समझ में ही नहीं आवैं कि वह लड़की मरी कैसी थी ? हमारी रानी बीबी के पास तो बड़ी चिट्ठियाँ लिखा करै थी। यों तो तुम जानो, मैं न तो किसी की बात में बिना मतलब टाँग अड़ाऊँ, न किसी की चिट्ठी-पत्री पढ़ूँ, पर अब वे इधर-उधर पड़ी चिट्ठियाँ आँख के नीचे आ ही जाया करै थीं। मैंने तो सारी बात उन चिट्ठियों से ही जानी। लिखा था—मैं तो ब्याह करके दुखी हो गई। अपने ही आदमी के लिए लिखा था—इसे तो दफ़्तर और मेरे सिवा दुनिया में कुछ सूझे ही नहीं। दिन-भर ऑफिस और रात-भर मैं...न पढ़ने-लिखने का शौक है, न किसी से मिलने-जुलने का और मैं पढ़ूँ-लिखूँ या मिलूँ-जुलूँ, सो भी इन्हें अच्छा नहीं लगे है। बहुत मन

मारूँ हूँ पर कभी-कभी तो बस यही मन करे है कि सब छोड़-छाड़कर भाग जाऊँ।"

फिर आवाज़ को धीमी करके और गर्दन को ज़रा आगे की ओर झुकाया कि सबके हाथों की ऊन-सलाइयाँ जहाँ-की-तहाँ थम गईं मानो बात का रहस्य अब खुलनेवाला हो—

"अब तुम्हीं बताओ अम्मा ! दिन-भर काम करके थका-माँदा आदमी रात को घर की औरत के पास नहीं आवेगा तो कहाँ जावेगा भला ? अरे तुम अपने घर के मरद को ही सेजों का सुख नहीं दे सको तो तुम्हें क्या पूजने को ब्याहा है भला ?"

तभी भाभी की नज़र अपनी दस वर्षीय कन्या पर पड़ गई, जो बच्चों के बीच से जाने कब उनके पास आकर बैठ गई थी और बड़े ध्यान से उनकी बात सुन रही थी। एक ज़ोर का तमाचा उसके गाल पर जमाते हुए भाभी बिगड़ पड़ीं, "निगोड़ी, यहाँ छाती-की-छाती पर लदी रहेगी ? बाहर जाकर बच्चों में क्यों नहीं खेले है ? अब जो यहाँ बड़ों की पंचायती में आकर बैठी है तो मार-मारकर मलीदा निकाल दूँगी।"

सहमी-सी लड़की भाग गई।

"पर यह भी कोई नाखुश या दुखी होने की बात हुई भला ? यह तो बड़े भाग की बात है कि तुम्हारा मरद तुम्हारे पास ही आवै है।" और एकाएक ही बड़ी भाभी के मुँह से ठंडी-सी साँस निकल गई।

"अब तुम्हीं जब उसे खुश नहीं करोगी तो वह तो सत्तर जगह मुँह मारता ही फिरेगा—मरद है आख़िर। फिर यों झींकोगी तक़दीर को।"

बात इतनी बढ़ गई थी, पर फिर भी किसी के चेहरे पर सन्तोष नहीं झलक रहा था। सबके हाथ फिर से चलने लगे। सब आश लगाए बैठी थीं कि किसी रोमांचकारी घटना का इतिहास सुनने को मिलेगा,

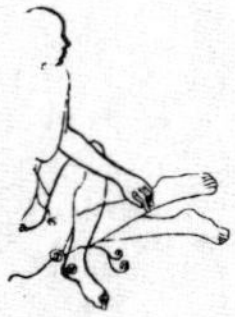

पर भग्गो भाभी की भूमिका बढ़ती ही जा रही थी, जिसे अपने चेहरे के हाव-भाव से, हाथ नचा-नचाकर के भरसक दिलचस्प बनाने की चेष्टा कर रही थीं, पर इस सबसे किसी को तृप्ति नहीं हो रही थी। किसी लड़के के प्रेम-पत्र पकड़े जाते या किसी के साथ उसे एक कमरे में रँगे-हाथों पकड़ लिया जाता, फिर मार-पीट, हो-हल्ला होता, तब तो भागने जैसी कोई बात भी होती। इन कोरी सैद्धान्तिक बातों में किसी को मज़ा नहीं आ रहा था। भग्गो भाभी दिलचस्पी उत्पन्न कर सकने की अपनी असमर्थता को पूरी तरह महसूस कर रही थीं, उसे दूर करने के लिहाज़ से ही आवाज़ को उन्होंने कोई ऐसी अश्लील बात की कि और धींमी करके, सबका ध्यान अपनी ओर खींचकर फुसफुसाकर हँसने लगीं और अम्मा ने झिड़कते हुए कहा, "हद्द करै है भग्गो तू भी ! यहाँ शन्नो बैठी है, कुँआरी लड़की का तो लिहाज़ कर ज़रा !"

"अब कोई कुँआरे रहने से तो नासमझ रहै नहीं। कुँआरी तो तुम ज़िन्दगी-भर रहो तो क्या ज़िन्दगी-भर नासमझ ही बनी रहोगी। शन्नो बीबी की उम्र में मैं दो बच्चों की माँ बन गई थी।" अम्मा या कोई कुछ और कहता उसके पहले ही उन्होंने कथा-सूत्र को आगे बढ़ाते हुए कहा—"अरे भई ! मैं तो एक बात जानूँ कि जिसने सत्तर घाट का पानी पिया हो वह कभी एक घर की नहीं हो सके है। ऐसी औरतों को तो कोठे खोलकर बैठ जाना चाहिए। क्यों किसी बिचारे की गिरस्थी बिगाड़े ? मैं पूछूँ तुम्हें इन सबसे इतनी चिढ़ है तो क्यों सवेरे-सवेरे नहा-धोकर क्रीम-पाउडर मलकर बैठ जाओ। अपना आदमी तो उस समय दफ्तर जावै है। फिर वह सब सिंगार-नखरा किसके लिए करौ ? दिन में यार-दोस्त जो आवै हैं...न जाने क्या-क्या लिखकर तो अखबारों में छपवाया करै थी, फिर जाने किन-किन लोगों की चिट्ठियाँ आया करै थीं। आदमी को तो यह सब ज़रा भी बर्दाश्त नहीं था, पर सुनै कौन ? एक बार रानी बीबी से कह रही थी कि मैं अपने को किसी

की इच्छा के झक्कीपन पर सहीद नहीं कर सकती। लो और सुनो, आदमी की इच्छा के मुताबिक चलना ही सहीद होना हो गया। हद्द है भई ! हम तो कहैं, फिर तुम मरद होकर जनमी होतीं। औरत हो तो आदमी के लिए एक बार क्या, सौ बार सहीद होना पड़ेगा। जो कमावै, तुम्हें खिलावै, उसकी इच्छा चलेगी कि तुम्हारी ? यह तो सच कहूँ, बड़ा सरीफ आदमी है जो गम खींच जाए, कोई दूसरा होता तो कभी की छाती पर सौत ला बिठाता, सारी अकल ठिकाने लग जाती।''

''यह तो रोज़ की बात हुई, पर भागी तो किसी खास वजह से होगी ना ?''

''लो और सुनो ! तो ये सब बेखास बातें हो गईं। लुगाई घर के आदमी की परवा नहीं करै और दूसरों के साथ मटरगस्ती करती फिरै, अखबारों में लिख-लिखकर छपावै, दूसरे मर्दों के साथ चिट्ठी-पत्री करै, अब कब तक किसी से बर्दाश्त होवै ? आख़िर– बर्दाश्त की भी एक हद्द होवै है। फिर एक महीने पहले कहै हैं कि बड़ी लड़ाई हुई दोनों में। वह कहै थी कि एक स्कूल में जगह खाली हुई है सो मैं तो काम करूँगी पढ़ाने का। आदमी ने भी साफ़ कह दी कि लुगाई से नौकरी कराके उसे इज्जत के काँकर नहीं कराने। जिस आदमी में कमाने की लियाकत नहीं होवे, वह अपनी लुगाई को भेजे कमाने के लिए। उन्ने तो बस कह दी कि नौकरी करूँगी, पर आदमी को तो घर की इज्जत का भी खियाल रखना पड़े कि नहीं ! कहैं, खूब लड़ाई हुई दोनों में और तब से ही बस अनबोला था। अब तुम्हीं बताओ अम्मा, ये सब बातें 'आ बैल मुझे मार' वाली हैं कि नहीं। आदमी तुम्हें रानी की तरह रखे तो तुम कहो कि नहीं, हम तो नौकरानी की तरह रहेंगे। औरत का तो काम ही होवे, घर-बार का देखना, बाल-बच्चे रखना, पर बाल-बच्चे भी ऐसी औरतों के कहाँ से होवैं, मरद पास आवै तो तुम्हें चिढ़ छूटे है, जाने मरा काटता होवै।''

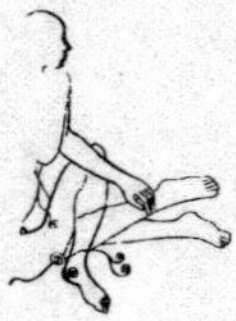

तभी बाहर से जोर के धमाके की आवाज़ आई और फिर एक साथ दो-तीन बच्चों के रोने की। भाभी का कथा-स्रोत टूटा और सबके हाथ जहाँ-के-तहाँ रुक गए। बड़ी भाभी हाथ की बिनाई पटककर बाहर को दौड़ी। मैंने और अम्मा ने दरवाज़े से झाँककर देखा कि आँगन की छोटी दीवार पर चढ़-चढ़कर बच्चे उस पर चल रहे थे। दो दिन पहले जेमिनी सर्कस में लड़कियों को तार पर चलते देखा था, उसी की प्रैक्टिस हो रही थी। चलते-चलते मुन्नी का पैर फिसला, बचाव के लिए उसने कुन्नू को पकड़ा और दोनों धड़ाम् से नीचे। भाभी को देखकर बचे हुए बच्चे भी धमाधम नीचे कूद पड़े। चोट खाए बच्चों को दुलार-पुचकार कर और बाकी को फटकार कर भाभी अन्दर आई तो अम्मा ने पूछा, ''दीवार पर से कैसे गिर गए ?''

''गिरेंगे नहीं तो होगा क्या, बारिश के मारे काई से सारी-की-सारी दीवार तो चिकनी हो रही है मरी, पैर फिसल गया !''

अम्मा चिल्लाने लगीं।

''बच्चे क्या हैं तूफ़ान हैं, उस दीवार से सिर फोड़ने क्यों गए थे ? वह तो यों ही इत्ती पुरानी दीवार है, बीस-बीस बच्चों का बोझ ढोने लायक रही नहीं। बच्चे तो सबके होंगे, पर ऐसे उत्पाती बच्चे कहीं नहीं होंगे। दो घड़ी शान्ति से बैठकर बात नहीं करने देंगे मरे।''

''अरे, बच्चे तो सब घरों में उत्पाती ही होवै हैं अम्मा।''

''हाँ, तो एक महीने से अनबोला चल रहा था दोनों में।'' अम्मा ने टूटे हुए सूत्र को जोड़ते हुए पूछा।

''हाँ, सुनैं तो यही थे कि दोनों बोलते नहीं थे। बस वह खाना बना दिया करै थी, खिलाफ़ दिया करै थी, पर दोनों बात नहीं करैं थे। बिचारे आदमी को तो घर नरक लगता होगा।''

''उसे डर नहीं लगै था अपने मरद से''—चाची ने पूछा।

''अरे, राम भजो ! डरै उसकी बला। पूरी मरद-थी-मरद। सब वही

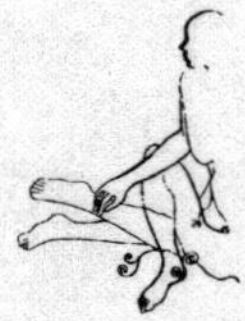

काम करै थी, जो उसके मन में आया करै था। क्या मजाल, जो किसी से दब तो जाए। कल शाम को उसे कही मीटिंग-वीटिंग में जाना था...''

सब सतर्क होकर बैठ गईं और नज़रें भाभी के चेहरे पर जम गईं।

''पाँच बजे रोज़ उसका आदमी आया करे था, उस दिन कुछ हो गया होगा तो देर हो गई, सो ये नईं हुआ बन्दी से कि रुक ही जाए। नास्ता-वास्ता बनाकर ढँककर रख दिया और चली गई। जब आदमी लौटा तो घर में कोई नहीं। उन विचारों के लिए तो यों भी उसका रहना-न-रहना बराबर ही था, फिर भी आदमी थका-माँदा लौटे तो घर में औरत तो रहनी चाहिए कि नहीं। अब तुम जानों, बर्दाश्त की भी एक हद्‌द होवे है, कल आदमी भी ताव खा गया। रात में जब लौटी तो आदमी ने भी झौंटा पकड़कर दो झापटे रख दिए और कह दिया, ''निकल जा मेरे घर से। जिन यार-दोस्तों में घूमती फिरे है, उन्हीं के घर जाकर बैठ।'' अरे बाबा, फिर तो चंडी माई का रूप ही धर लिया, पर मरी बोल इत्ती धीरे-धीरे रही थी कि कुछ सुनाई ही नहीं दे रहा था। पर मैं देख रही थी कि जीभ कैंची की तरह चल रही थी, बराबर जीभ लड़ाए जा रही थी। गजब की हिम्मत थी मरी में ! सच कहूँ अम्मा, उस आदमी का चिल्लाना सुनकर मैं तो घर में ही थर-थर काँप रही थी। मरद ऐसा गुस्सा करे तो मेरी तो ऊपर की साँस ऊपर नीचे की साँस नीचे रह जाए। यों तो मैं किसी के झगड़ों में पड़ूँ नहीं तुम जानो, मेरी और तो ऐसी आदत ही नहीं, पर अब पड़ोस में ऐसा कांड हो जावे तो पड़ोसी होने के नाते हमारा भी कुछ धरम हो ही जावे। सो भई, मैं भी हिम्मत करके गई। सोचा, कह दूँगी कि पैर पकड़कर माफ़ी माँग लो और आदमी के कहे अनुसार रहो। सो भैया, वह तो मेरे ऊपर ही बरसने लगीं—बोली, 'बहिन जी ! गलती करूँगी तो सौ बार माफ़ी माँग लूगी पर जिसे मैं गलती समझूँ ही नहीं, उसके लिए क्यों माफ़ी माँगूँ ? आज माफ़ी माँग लूँ और कल फिर वह करूँ, इससे

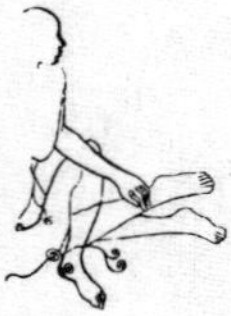

क्या फ़ायदा ? हम दोनों का साथ निभ न सके तो साथ रहने से क्या फ़ायदा ? आज इनने भी साफ-साफ कह दीनी, चलो किस्सा खत्म।'' सच अम्मा, मैं तो उसका मुँह ही ताकती रह गई—लोग-लुगाइयों के किस्से कहीं यों खतम हुए हैं।''

फिर ज़रा आवाज़ को धीमी करके कहने लगीं—''अरे, ये सब तो नाटक होगा नाटक। हमारे पुरखे तिरिया-चरित्तर की जो महिमा बखान गए सो झूठी नहीं है। मैं तो कहूँ, पहले से ही किसी से लगी बैठी होगी मरी, बस बहाना चाहिए था। आदमी के मुँह से घर से निकलने की बात निकल गई कि गाँठ बाँध ली। अरे, हमें तो हजार बार कहें कि घर से निकल जाओ सो निकला जावे क्या ? ये तो सब बहाना था ! जाना तो उसे था ही, पर दोष बिचारे मरद पर मढ़कर जाना चाहे थी, सो दुनिया भी अन्धी नहीं है अम्मा कि सच-झूठ न पहिचान सके।''

''गई कहाँ है, कुछ पता लगा ?'' भाभी ने जिज्ञासा प्रकट की।

''जाने कहाँ मरी है... ।''

बाहर फिर धमाका हुआ और रोने की मिली-जुली आवाज़ें आने लगीं। बड़ी भाभी गरम होती हुई बाहर गईं, ''ये सत्यानासी बच्चे दो घड़ी चैन से नहीं बैठने देंगे।'' पर बाहर जाते ही चिल्लाई—''अरे अम्मा देखो तो, सारी-की-सारी दीवार टूट गई।''

''दीवार टूट गई...कैसेऽऽ ?'' अम्मा उठकर बाहर आईं। मैं भी पीछे-पीछे आई। देखा, सामने की उसी काई जमी पुरानी दीवार को फोड़कर एक नन्ही-सी पौध निकल आई थी, जाने कैसे उसी के आस-पास के सारे पत्थर हड़बड़ाकर गिर पड़े। नीचे बैठे बच्चों में से एक-दो को चोट भी आ गई थी। टूटी दीवार को देखकर अम्मा ज़ोर-ज़ोर से चिल्लाने लगीं।

''उसी दिन मैंने कही थी कि इस पौद को उखाड़ फेंको, पर सुनता

कौन है मेरी इस घर में। देखो, मरी ज़रा-सी है पर सारी-की-सारी दीवार तोड़कर रख दी।'' बच्चों का रोना, अम्मा का चिल्लाना और भाभी का फटकारना सबने मिलकर कोहराम मचा दिया।

तभी पीछे से शैल की आवाज़ आई—''किस सोच में डूबी है शन्नो...दो मिनिट से तेरे पीछे खड़ी आवाज़ दे रही हूँ, तुझे कुछ ख़बर ही नहीं।'' मैं एकाएक चौंक गई—बोली, ''कुछ नहीं, कुछ भी तो नहीं सोच रही हूँ।'' और सच में कुछ सोच भी नहीं रही थी। मैं तो केवल उस नन्ही-सी पौध को देख रही थी जिसने इतनी बड़ी दीवार को धड़ाधड़ गिराकर घर में कोहराम मचा दिया था।

पंडित गजाधर शास्त्री

गर्मी की छुट्टियाँ समुद्र-किनारे बिताने के इरादे से मैं पुरी चला गया। होटल में पहले से ही अपने लिए एक कमरा सुरक्षित करवा लिया था। अतः किसी प्रकार की असुविधा नहीं हुई। हाँ, संगी-साथी कोई नहीं था, पर वहाँ उसकी कोई आवश्यकता भी महसूस नहीं हुई। सवेरे-शाम का समय तो समुद्र की लहरों के बीच बीत जाता—बाक़ी समय पढ़ने और घूमने में। तीसरे दिन ही मैंने देखा कि पासवाले कमरे में एक नए यात्री आए हैं। लिबास से ही अनुमान लगाया कि हैं कोई हिन्दुस्तानी—मेरा मतलब हिन्दी-भाषी से है। बात यह है कि कलकत्ते में बंगाली लोग हिन्दी-भाषी लोगों को ही हिन्दुस्तानी की संज्ञा देते हैं, मानो बंगाल हिन्दुस्तान के बाहर का कोई प्रान्त हो। सन्ध्या को कमरे के बाहर खड़ा मैं समुद्र की लहरों को निहार रहा था कि वही महाशय आए और बिना किसी संकोच के उन्होंने पूछा, "आपका शुभ नाम जान सकता हूँ ?" मैंने बड़ी विनम्रता से अपना नाम बताया और उनका नाम पूछने ही वाला था कि वे बीच में बोल उठे, "अब अवश्य ही आप जानना चाह रहे होंगे कि मेरा नाम क्या है, मैं कौन हूँ ? तो सुनिए—" और फिर एक कदम पीछे हटकर, गरदन को थोड़ा मेरी ओर झुकाकर बड़े ही अभिनयात्मक लहजे में कहा, "इस नाचीज़ को लोग पंडित गजाधर शास्त्री कहते हैं। यों तो हिन्दुस्तान में हज़ारों गजाधर शास्त्री होंगे, पर आप शायद जानना चाहेंगे कि मैं जो आपके सामने

खड़ा हूँ, वह मैं, उन हज़ारों में से किस बात में भिन्न हूँ। तभी तो परिचय पूरा होगा ना, क्यों ?''

और मैं उस क्यों का उत्तर दूँ, उसके पहले ही उन्होंने उत्तर दिया, ''तो मैं हूँ कहानी लेखक पं. गजाधर शास्त्री ! यदि हिन्दी-साहित्य से आपका थोड़ा भी परिचय होगा तो आपने गजाधर शास्त्री का नाम अवश्य सुना होगा। वह नाचीज मैं ही हूँ।'' और फिर एक बार बड़ी अदा से उन्होंने सिर झुकाया। मैंने अपनी स्मरण-शक्ति पर पूरा ज़ोर लगाया जिससे यदि यह नाम कहीं दबा-दबाया पड़ा हो तो निकल आए और मैं भी शास्त्रीजी को अपनी साहित्यिक रुचि का थोड़ा-सा परिचय दे दूँ। पर लाख चेष्टा करने पर भी मानस-पटल पर अनेक कहानी लेखकों के डूबते-उतरते नामों में यह नाम नज़र नहीं आया। आख़िर हारकर मैंने कहा, ''देखिए, यों हिन्दी साहित्य तो मेरा अपना विषय ही है, इस ओर रुचि भी है। पर बात यह है कि स्मरणशक्ति ज़रा कमजोर है, इसलिए कुछ याद नहीं कर पा रहा हूँ। आप अपनी किसी प्रकाशित पुस्तक का नाम बताइए, शायद उससे कुछ याद आ जाए।''

उन्होंने हो-हो हँसते हुए कहा, ''साहित्य में अभी नए खिलाड़ी ही मालूम पड़ते हैं आप।''

यों मेरे अपने तीन कहानी-संग्रह प्रकाशित हो चुके थे, पर आज जब इतने बड़े कहानी-लेखक के नाम से भी अपरिचित ही निकला तो मैंने अपना सारा अहं किनारे रखकर स्वीकार कर लिया कि नया खिलाड़ी ही समझ लीजिए, और उन्होंने ऐसा समझने में किसी प्रकार का भी संकोच नहीं किया।

उसके बाद उन्होंने कहा, ''पुस्तक तो देखिए, मेरी अभी कोई छपी नहीं है, पर शीघ्र ही तीन-चार छपनेवाली हैं। आज से सात साल पहले 'रश्मि' में एक कहानी निकली थी, 'अमीरी-ग़रीबी'। अब आपको क्या

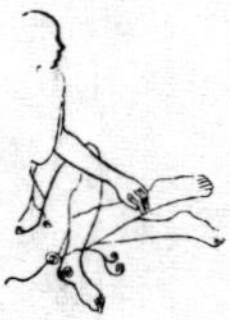

बताऊँ, इधर वह निकली और उधर मेरी मुसीबत आ गई। हिन्दी की शायद ही कोई ऐसी पत्रिका होगी, जिसके सम्पादक का पत्र न आया हो कि शीघ्र ही अपनी रचना भेजिए। अब मैं नई कहानी क्या लिखूँ, जवाब लिखते-लिखते ही परेशान हो गया। और मैंने देखा कि बच्चे-बच्चे के मुँह पर मेरा नाम हो गया। कहीं निकल जाऊँ, लोग उँगली उठाकर कहते, ''यह देखो, अमीरी-ग़रीबी के लेखक पं. गजाधर शास्त्री जा रहे हैं।'' आपको शायद आश्चर्य हो रहा होगा कि एक कहानी से इतनी प्रसिद्धि कैसे हो गई भला ? (सच पूछें तो मुझे आश्चर्य की अपेक्षा अविश्वास अधिक हो रहा था।) पर कहूँगा कि आश्चर्य तो तब होता, जब कि उसकी इतनी प्रसिद्धि नहीं होती ! पूछिए तो भला ऐसा क्यों ?'' मुझे मजबूरन पूछना पड़ा कि ऐसा क्यों ? और तब उन्होंने ऐनक उतारकर मेरी ओर झुककर उसी लहजे में कहा, ''ऐसा यों कि वह कहानी क्या थी, बस समझ लीजिए कि अमीरी-ग़रीबी का जीता-जागता चित्रण था। सच मानिए, इतनी जान थी उस कहानी में, इतनी जान कि शायद अमीरी-ग़रीबी स्वयं उतनी सजीव नहीं होगी। बस यही है, हमारी सफलता का गुण ! लेखक वही सफल हो सकता है, जो अपनी लेखनी से निर्जीव शब्दों में भी जान डाल दे। अब पूछिए भला, जान कैसे डाली जाती है ?''

पर मैं पूछूँ, इतना धैर्य भी उनमें नहीं था और उन्होंने स्वयं ही प्रश्न रखकर उत्तर भी आरम्भ कर दिया, ''देखिए, मैं आपको मित्र जानकर बता देता हूँ। हरेक प्रसिद्ध लेखक की प्रसिद्धि का एक कारण होता है, जिसे वह गुप्त रखने का भरसक प्रयत्न करता है। वह नहीं चाहता कि सब लोग उसकी सफलता के रहस्य को जान लें और उससे होड़ लगाने लगें, पर मैं इस प्रश्न को संकीर्णता मानता हूँ। अच्छा है, और लेखक भी हमसे नसीहत लेकर, हमारे अनुभवों का लाभ उठाकर साहित्य को समृद्ध करें तो हर्ष की बात है, सुन्दर बात है, अति सुन्दर !

और इसीलिए मैं हर किसी को अपनी सफलता का रहस्य बता देता हूँ। मैं बता देता हूँ कि वह कौन-सा जादू है जो मेरी कहानी में जान डाल देता है, और कहानी कहानी न बनकर बस कहानी ही बन जाती है।''

मैंने सोचा, कहानी, कहानी न बनकर बस कहानी बन जाती है ! और मेरे मन का भाव मेरे चेहरे पर साकार हो उठा। कुशल कहानी-लेखक को यह भाँपते देर नहीं लगी। बोले, ''खा गए न चक्कर ! आप सोच रहे हैं, यह भी कोई बात हुई भला ! पर मेरा मतलब है महाशय।'' और मेरी उत्सुकता को चरम सीमा तक ले जाने के लिए वे एक क्षण रुके, पर मेरी उत्सुकता की सुस्ती देखकर फिर स्वयं ही बोले, ''मेरा मतलब है महाशय, कि कहानी, कहानी न बनकर श्रेष्ठ कहानी बन जाती है।'' मैं उनके इस वाक्य के अनोखेपन को समझूँ, उसके पहले ही हो-हो करके हँसते हुए कहने लगे, ''बताइए, है न भाषा का चमत्कार ! पढ़नेवाला एक बार तो यही समझे कि वाह ! वाह ! क्या बात कही है लाख रुपए की—बस जवाब नहीं !'' पर मैं उनकी लाख रुपए की बात का मोल समझूँ, इतना समय देना भी उन्हें गवारा नहीं हुआ और वे टूटे हुए सूत्र को जोड़ते हुए बोले, ''हाँ, तो मैं बता रहा था कि कैसे अपनी कहानियों में जान डाल देता हूँ। बस, इसका एक ही रहस्य है, और वह है साधना। साधना कीजिए और आप देखेंगे कि आपकी क़लम से निर्जीव शब्द नहीं झर रहे हैं—वह बस सजीव, फड़कते हुए चित्र उतार रही हैं।''

कोई नई बात नहीं थी। वर्षों से यह पिटी बात सुन रहा था। पर उन्होंने इसी बात को कुछ ऐसे लहजे से कहा, मानो यह गुर उनकी अपनी सूझ हो—एकदम नवीन और मौलिक, जिसके लिए हिन्दी-पाठकों और साहित्यिकों को युग-युग तक उनका आभारी रहना होगा।

इसके बाद उन्होंने खिन्न मन से कहा, ''बड़ा दुख होता है

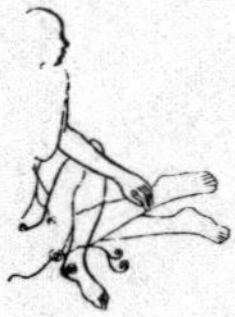

आजकल के लेखकों को देखकर। कोई अनुभव नहीं, अध्ययन नहीं, साधना नहीं, बस प्रतिभा का राग अलाप- अलापकर क़लम चलाते हैं, मानो साहित्य लिखना कोई घास काटना है। हिन्दी साहित्य का भविष्य बस अन्धकारमय ही लगता है।''

एकाएक मुझे याद आया कि इनकी जिस कहानी को लेकर इतनी कथा-वार्ता हो गई वह तो अवश्य इनके पास होगी—आख़िर उसमें ऐसा क्या है, जिसे लिखकर ये अपने को हिन्दी-साहित्य के गगन का सूर्य समझ बैठे हैं। माँगी तो चट अपने कमरे से एक पत्रिका लाकर मेरे हाथ पर रख दी। साथ ही यह भी कहा कि पढ़कर मैं एक सुन्दर-सी आलोचना भी लिख दूँ।

पत्रिका लेकर कमरे में आया। उस पत्रिका का नाम भी मैंने कभी नहीं सुना था। बाद में मालूम हुआ कि चार साल से वह बन्द हो गई है। उसे खोला तो जाना कि वह छात्रोपयोगी पत्रिका थी, जिसमें रचनाएँ भी अधिकतर छात्राओं की थीं। शास्त्रीजी की कहानी भी पढ़ी। और अब उस जानदार कहानी के लिए अपनी निर्जीव क़लम से कुछ न लिखूँ, उसी में ख़ैर है ! नया खिलाड़ी वह पहले ही ठहरा चुके हैं, कुछ उल्टा-सीधा लिख गया तो एकदम नालायक की ही उपाधि दे डालेंगे। इसलिए मैंने पूरी ताक़त से अपनी आत्मा पर अत्याचार करके प्रशंसा करते हुए वह कहानी लौटा दी। प्रशंसा के दो शब्दों को उन्होंने अपनी कल्पना से (जिस पर उन्हें बड़ा नाज़ था) वृहत् रूप दे डाला और अत्यधिक प्रसन्नता और आत्म-विश्वास से बोले, ''हम तो जानते हैं, इस कहानी के लिए दो मत होने की गुंजाइश ही नहीं। सबने एक स्वर से, मुक्तकंठ से इसकी प्रशंसा की है।''

दूसरे दिन सन्ध्या को मैं अपने उसी स्थान पर खड़ा था कि शास्त्रीजी भी आ खड़े हुए। अपनी अविराम प्रशंसा के बीच जाने कैसे वह पूछ बैठे, ''हाँ, आपने भी कभी कुछ लिखा है क्या ?'' मैंने

कहा—"हाँ, तीन कहानी-संग्रह छप चुके हैं अभी।" पर उन्होंने बात पूरी ही नहीं होने दी। बीच में ही पूछ बैठे, "कैसा स्वागत हुआ पाठकों में ?" अब आप ही बताइए कि यदि आप में शास्त्रीजी जैसा डेढ़ हाँथ का कलेजा न हो तो क्या आप इस प्रश्न का सही-सही उत्तर दे सकते हैं। मुझमें तो वह साहस था नहीं सो यों ही कह दिया, "स्वागत क्या होगा, किसी को पसन्द आई तो किसी को नहीं आई।"

एकाएक उन्होंने दूसरी बात आरम्भ करते हुए पूछा, "अच्छा, आप किसलिए आए ?" मैंने कह दिया, "घूमने।" "महज़ घूमने ?" उन्होंने कुछ आश्चर्य से पूछा। मैंने कहा, "हाँ, छुट्टियाँ थीं सो घूमने चला आया !" उन्होंने कुछ ऐसा चेहरा बनाया, मानो मेरी इस बात से किसी बड़ी बात का रहस्य पा लिया हो, फिर बोले, "अब आप हमसे पूछिए कि आपके कहानी-संग्रहों का स्वागत क्यों नहीं हुआ ?" मैंने कुछ इस नज़र से उनकी ओर देखा, मानो पूछ रहा होऊँ कि कहानी-संग्रह की सफलता और पुरी आने का भला क्या सम्बन्ध ? मुझे अधिक प्रतीक्षा नहीं करनी पड़ी, वे स्वयं ही बोल पड़े, "अब देखिए, आप यहाँ आए हैं घूमने और जानते हैं मैं क्यों आया हूँ ? मैं आया हूँ कहानी के लिए मसाला जुटाने। मेरा सारा जीवन ही बस कहानियों के लिए है। आप अपने को जीवन से अलग करके देखते हैं तो बताइए भला, सफलता मिले कहाँ से ? मेरा तो बस समझिए जीवन ही कहानी के लिए है, कहानी ही जीवन के लिए, जीवन ही कहानी है, कहानी ही जीवन है।" उसी दिन बातों के सिलसिले में मैंने यह भी जान लिया था कि छपने के नाम उनकी बस वही एक कहानी छपी है। अब तो बस वे सीधे ग्रन्थ ही छपवाने का इरादा रखते थे, जिससे हिन्दी-साहित्य में एक उथल-पुथल मच जाएगी, ऐसा उनका दृढ़ विश्वास था।

उस दिन सवेरे से ही कुछ तबीयत नासाज़ लग रही थी सो समुद्र में नहाने का इरादा छोड़कर, मैं होटल पर नहा-धोकर तैयार हो गया

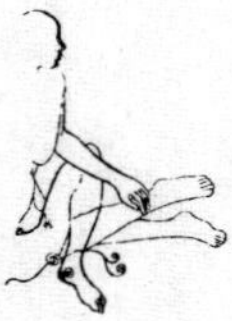

और अपने उसी प्रिय स्थान पर खड़ा होकर समुद्र की लहरों को निरखने लगा। किनारे पर कितने ही बच्चे, बड़े-बूढ़े और स्त्रियाँ स्नान कर रही थीं। जो तैरना नहीं जानते थे और पानी से डरते थे, वे मल्लाहों का हाथ पकड़-पकड़कर समुद्र में जाते थे। होटल के ठीक सामने एक युवती मल्लाह का हाथ पकड़कर नहा रही थी। कपड़े भीगकर उसके शरीर से चिपट गए थे, पर इस ओर से नितान्त बेख़बर वह लहरों के बीच उछल-उछलकर डुबकियाँ लगा रही थी। एकाएक मेरी नज़र शास्त्रीजी पर पड़ी, जो मुझसे थोड़ी दूर खड़े बड़े सतृष्ण नेत्रों से उसी दृश्य का रसास्वादन कर रहे थे। कुछ देर बाद मेरी ओर सरककर—पर दृष्टि उस ओर गड़ाए-गड़ाए ही बोले, "देखा आपने सामने का दृश्य !" मैं केवल मुस्करा दिया। उन्होंने फिर पूछा, "कुछ विचार आए, कोई बात सूझी ?" मैंने पूछा, "बात ! कैसी बात ?" उस ओर ही नज़र गड़ाए हुए उन्होंने कहा, "अरे, कहानी का प्लॉट। नहीं सूझा ना ! बस यही तो फ़रक है आपमें और हममें। मैं कहता हूँ, आँख खोलकर चलिए तो देखेंगे कि पग-पग पर कहानी के प्लॉट बिखरे पड़े हैं। बस, देखने की दृष्टि चाहिए। अब इस युवती का माँझी के साथ नहाना—यों बात बहुत छोटी है, पर हमारे लिए बहुत बड़ी है। अपनी कल्पना का सहारा देकर हमने छोटी बात को भी पूरी कहानी का प्लॉट बना डाला।" मैं एकटक शास्त्रीजी की ओर देख रहा था, पर उनकी दृष्टि उस युवती पर ऐसी गड़ी हुई थी कि हटने का नाम नहीं लेती थी। वह युवती अब अपना नहाना समाप्त करके वहाँ खुले में ही जैसे-तैसे अपने वस्त्र बदलने की व्यवस्था कर रही थी और शास्त्रीजी की पैनी दृष्टि उस युवती की इस व्यवस्था की शिथिलता का जब-तब लाभ उठाकर अपने को कृतकृत्य कर रही थी। उनकी उस सतृष्ण दृष्टि को देखकर यह अनुमान लगाना सचमुच ही कठिन था कि वे उस युवती में कोई कहानी का प्लॉट ढूँढ़ रहे थे, या उसके शरीर में कुछ ढूँढ़ रहे थे। खैर, चन्द

मिनटों में ही वह युवती शहर जाने के लिए मुड़ पड़ी और साथ ही शास्त्रीजी की दृष्टि भी मेरी ओर मुड़ी। बात के टूटे सिलसिले को जोड़ते हुए उन्होंने कहा, ''हाँ, तो मैं बात कह रहा था कहानी के प्लॉट की। आपको शायद आश्चर्य हो रहा होगा कि कैसे महाशय ने ज़रा-सी देर में इस छोटी-सी घटना से कहानी का ढाँचा तैयार कर लिया। पर महाशय ! अक्लमन्द को इशारा ही काफ़ी।''

इशारा तो वह मेरे सामने भी थी और वैसे सैकड़ों इशारे सवेरे-शाम समुद्र पर रोज़ ही मौजूद रहते थे, मुझे कहनी की बात नहीं सूझी। सोचने लगा, क्या अपनी अक्ल पर अविश्वास करूँ ? तभी शास्त्रीजी का स्वर सुनाई दिया, ''जानता हूँ, इस समय आपके मन में मेरा प्लॉट जानने की इच्छा उछाले खा रही है।'' हालाँकि मेरे मन में ऐसी कोई इच्छा उछाले नहीं खा रही थी, पर जब उन्होंने कह दिया तो मैंने भी मान लिया और उनकी कहानी सुनने को कमर कसकर तैयार भी हो गया।

''देखिए, कोई दूसरा होता तो कभी अपनी कहानी का प्लॉट नहीं बताता–कहीं आप ही लिख बैठें, पर मैंने तो बताया ना, मैं इसे संकीर्ण मनोवृत्ति समझता हूँ। फिर एक बात और भी है, इसी प्लॉट को लेकर आप भी लिखिए, हम भी लिखें। पर जब दोनों साहित्य की हाट में पहुँचेगी तो कुशल आलोचक बता देगा कि इसमें से दूध कौन-सा है, और पानी कौन-सा, क्योंकि प्लॉट ही तो सबकुछ नहीं, भाषा और शैली भी तो आख़िर कोई चीज़ है, और फिर जैसा कि मैं पहले ही अर्ज़ कर चुका हूँ कि मैं तो अपने शब्दों को खून से सींचता हूँ–सो कहानी अपने आप ही कहानी बन जाती है। बस मेरे विचार, मेरी भावना, मेरा साहित्य (जिसके नाम पर मात्र एक कहानी) और मेरा जीवन सब पर्यायवाची शब्द हैं।''

''हाँ, तो प्लॉट की बात कह रहा था। एक युवक माँझी, एक

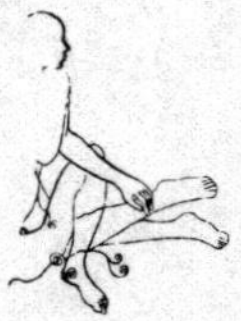

युवती—दोनों हाथ पकड़े हुए दोनों कमसिन। इधर समुद्र की उठती हुई लहरें और उधर उठती जवानी। समुद्र का किनारा, प्रभात का सुहावना समय। बताइए, इस रोमानी वातावरण का क्या परिणाम हो सकता है? बस एक ही परिणाम हो सकता है—" और फिर अपनी उसी अनोखी अदा में खूब झूमकर उन्होंने बताया, "और वह है प्रेम ! हाँ, तो दोनों में प्रेम हो गया। आप तो जानते हैं, प्रेम ऊँच-नीच को नहीं देखता, जाति-भेद को नहीं देखता, अमीरी-गरीबी को नहीं देखता, वह तो बस अन्धा होता है। आपको मालूम है, अँग्रेजों के यहाँ प्रेम के देवता को अन्धा माना है, क्या शानदार भावना है इसके पीछे! हाँ, तो दोनों प्रेम-पाश में बँध गए, पर प्रेम चाहे ऊँच-नीच न माने, समाज तो मानता है ना ! सो उस प्रेम का अन्त आप कीजिए वियोग में। वियोग, चिरकालिक वियोग! प्रेम करके भी वे मिल नहीं पाते, क्योंकि समाज उन्हें मिलने नहीं देता। और फिर आप समाज की इस सड़ी-गली परम्परा पर एक ज़ोरदार कुठाराघात कीजिए, देखिए क्या बनती है कहानी। हाँ, अन्त का भाषण ज़रा ज़ोरदार होना चाहिए।"

मैंने झिझकते हुए कहा, "पर भाषण आने से कहानी के रस में व्याघात नहीं पहुँचेगा ?" मेरे प्रश्न पर वह ऐसा क़हक़हा लगाकर हँसे, मानो मैंने कोई भारी बेवकूफी की बात पूछ डाली हो। हँसी का आवेग ज़रा कम हुआ तो बोले, "आपके इस प्रश्न से ही लग रहा है कि आपमें साधना का अभाव है। अरे साहब, भाषा और शैली फिर किस मर्ज़ की दवा है भला ? मैं नीरस-से-नीरस बात को भी ऐसे रख सकता हूँ कि पढ़ने वालों को कहना ही पड़े कि वाह-वाह ! क्या बात कही है, लाख रुपए की, बस जवाब नहीं !" फिर मेरी ओर झुककर कहा, "आप भाषा की अभिधा, व्यंजना और लक्षणा शक्ति के बारे में जानते हैं ना ?" इस ओर मैंने अपनी अरूचि प्रकट की तो बोले, "अब देखिए, आप ही मेरे लिए कहानी का एक प्लॉट बन गए। मैं कहता हूँ ना

कि आँख खोलकर चलिए तो पग-पग पर कहानी के प्लाट और पात्र मिलेंगे।''

मैं एक बार अवाक् रह गया। जब से मिला हूँ, मुश्किल से एक दर्जन वाक्य मैं बोला होऊँगा। (क्योंकि इससे अधिक अवसर उन्होंने मुझे कभी दिया ही नहीं) कभी किसी विषय पर मैंने अपने विचार प्रकट नहीं किए, मैं भला इनकी कहानी का प्लॉट कैसे बन गया। पर मैं कुछ पूछूँ उसके पहले ही अपनी आदत के अनुसार उन्होंने बोलना शुरू कर दिया, ''देखिए, मैं ज़रा खरी-खरी बात कहने का आदी हूँ। उसके बिना तो हम साहित्यिकों का गुज़ारा ही नहीं। इस सत्य बोलने के चक्कर में कभी-कभी बड़ी कीमतें भी अदा करनी पड़ी हैं, पर उससे क्या—अपना धर्म तो छोड़ नहीं देंगे! सो खरी बात का बुरा मत मानिए।'' और बिना मेरी ओर से किसी प्रकार का आश्वासन पाए ही उन्होंने खरी-खरी बात सुनाना आरम्भ कर दिया, ''आपको मैं अपनी कहानियों में मुख्य पात्र का स्थान तो नहीं दे सकता, पर हाँ, गौण पात्र के रूप में अच्छा चित्रण कर सकता हूँ। आपको एक ऐसे कहानी—लेखक के रूप में सफलतापूर्वक प्रस्तुत किया जा सकता है, जो भाषा की बाराखड़ी भी नहीं जानता और साहित्यिक होने का दम भरता है। अपनी रचनाओं की प्रशंसा न होने पर मुँह लटकाकर पाठकों को दोष देता है, पर अपना दोष नहीं देखता। मूल बात यही रहे।'' फिर एक बार हो-हो करके वह ज़ोर से हँस पड़े। मैंने भी खिसियानी-सी हँसी हँसकर उनका साथ दिया।

दूसरे दिन वह स्वयं ही मेरे कमरे में चले आए। उनके हाथ में कुछ काग़ज़ थे। आते ही बोले, ''देखिए, मैंने एक कहानी लिखी है। बात यह हुई कि कुछ दिनों पहले मैं अपने एक मित्र के यहाँ गया था। एक दिन रात में एकाएक चोर-चोर का शोर सुनकर उठ पड़ा। देखा, सोलह-सत्रह साल के एक छोकरे को लोग बुरी तरह पीट रहे

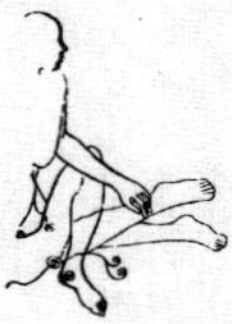

हैं। मुझे बड़ी दया आई। आप तो जानते ही हैं कि साहित्यकारों का दिल बड़ा कोमल होता है, फिर चोरों और पतितों के प्रति तो यों भी मेरे मन में विशेष सहानुभूति है। और हो भी क्यों न ! मेरे चेहरे पर भी यदि साधारण आदमी की तरह केवल दो आँखें हों तो मैं भी शायद उन्हें जलील समझूँ, पर मेरे तो हृदय में भी दो आँखें हैं, जो असलियत देखती हैं। मैं जानता हूँ, आदमी कभी बुरा नहीं होता। परिस्थितियाँ उसे बुरा बना देती हैं। चोर चोरी करता है तो उसका दोष नहीं, आपका (अपने को वह बेदाग़ बचा गए) दोष है। आप स्वयं तो मौज से रहते हैं और उसे जीवन के आवश्यक साधनों से भी वंचित कर देते हैं। वह चोरी करने को मजबूर हो जाता है। पर इस बात को सर्व-साधारण तो नहीं समझ सकता ना! ख़ैर साहब, समझा-बुझाकर उस बेचारे को छुड़वाया। पर सच मानिए, उस रात मैं सो न सका। उसका दयनीय चेहरा मेरे सामने एक कहानी का प्लॉट बनकर खड़ा हो गया। तब से मैंने संसार-भर का चोर सम्बन्धी साहित्य पढ़ डाला। बिना अध्ययन के विचारों में प्रौढ़ता नहीं आती। अच्छा, अब ज़रा यह कहानी सुनिए।''

मैं जानता था कि अब यह आए हैं तो बिना दो-तीन घंटे के उठेंगे नहीं, और इन दो-तीन घंटों में ये कहानी सुनाएँ या भाषण, मैं सबके लिए तैयार था। कहानी समाप्त करके न उन्होंने मुझसे राय पूछी, न राय ज़ाहिर करने का अवसर ही दिया। बस तपाक् से कह उठे, ''कहिए? मच जाएगा हिन्दी-साहित्य में तहलका या नहीं ? मैं तो यह जानता हूँ कि कम लिखो, पर ऐसा लिखो कि पढ़नेवाले को भी कहना ही पड़े कि वाह! वाह! क्या बात कही है, लाख रुपयों की, बस जवाब नहीं ! आपने तीन संग्रह छपवाए– बताइए, उनमें एक भी कहानी है इस टक्कर की ?''

मैं अवाक् उनका मुँह देख रहा था, उनकी धृष्टता पर विस्मय था

कि कैसे उन्होंने विक्टर ह्यूगो के 'ला मिज़रेब' का वह चोरी वाला हिस्सा ज्यों-का-त्यों लिख मारा है। बस पादरी की जगह अपने को दे दी थी और उत्तम पुरुष में कहानी लिख मारी थी। मैंने कहा कि यह तो एकदम विक्टर ह्यूगों के 'ला मिज़रेब' की–'' बात बीच में ही काटकर वे बोले, ''अरे, उसकी तरह होगी क्यों नहीं ? हमारी अनुभूति क्या कम संवेदनशील है? रात-दिन चोरों और पतितों के दुख से घुला जाता हूँ, तभी तो ह्यूगों की टक्कर की कहानी लिख पाता हूँ। देखा, आपने ही कबूल कर लिया कि मेरी कहानी ह्यूगो जैसी उत्तम है। (हालाँकि उत्तम की बात मैंने कही नहीं थी, वह शायद उन्होंने कल्पना से जोड़ ली) और होगी भी क्यों नहीं, वह तो होनी ही चाहिए। आप कहानी को मेरे जीवन से अलग तो नहीं कर सकते।''

मेरे इतने बड़े आक्षेप को भी जब इतने सहज भाव से उन्होंने अपनी प्रशंसा के ढाँचे में ढाल लिया तो मेरे पास तो कहने को कुछ रह ही नहीं गया।

दूसरे दिन सवेरे पाँच बजे ही देखा कि वे कहीं जाने को तैयार खड़े हैं। पूछने पर मालूम हुआ कि आसपास के दर्शनीय स्थान, जैसे भुवनेश्वर, खण्डगिरि, उदयगिरि आदि देखने जा रहे हैं। शायद कहानी के प्लॉट ढूँढ़ने। साथ ही उन्होंने यह भी बताया कि दूसरे दिन ही वे पुरी से जाने वाले भी हैं। मैंने निश्चिन्तता की साँस ली कि चलो अब तो छुट्टी मिली!

शाम को करीब छः बजे वे लौटे। दिन-भर की यात्रा से उनका स्थूल शरीर त्रस्त जान पड़ता था, इसलिए वे शायद उसी समय खाकर सो भी गए। सात बजे समुद्र से लौटा तो खर्राटे भर रहे थे। कमरे का दरवाज़ा भी बन्द करना भूल गए थे। क़रीब दस बजे होटल का छोकरा आया और जूठे बर्तन उठाकर चला गया। उस समय बाहर वर्षा हो रही थी और पड़ोस के कमरों के यात्री मिलकर वर्षा का कोई गीत

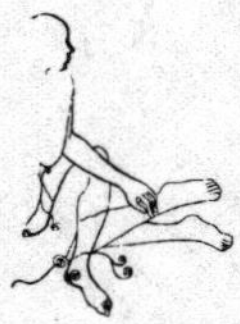

गा रहे थे। तभी एकाएक शास्त्रीजी के कमरे से चोर-चोर का शोर होने लगा। साथ ही किसी के रोने की आवाज़ भी आई। एकदम सब अपने-अपनों कमरों से निकलकर भागे। दस बजे कैसी चोरी? शास्त्रीजी के कमरे में अँधेरा था, पर आवाज़ ही से मैंने अनुमान लगाया कि वे किसी को बेतहाशा पीटे जा रहे हैं और चिल्ला रहे हैं, "समझ क्या रखा है बच्चू ! मैं तेरा खून पी जाऊँगा ! काम-धन्धा करेंगे नहीं और चोरी करेंगे। और तड़-तड़...जाते ही वस्तु-स्थिति को समझने के लिए बत्ती जलाई तो देखा, शास्त्रीजी होटल के छोकरे को बुरी तरह पीट रहे थे, और उसकी नाक से खून बह रहा था। वह जूठे बर्तन लेने गया था। शास्त्रीजी को सोता देख, बत्ती न जलाई और अँधेरे में टकरा गया। सात बजे के सोए शास्त्रीजी को दस बजे ही ऐसा लगा, मानो रात के दो-तीन बज गए हों, सो चोर का सन्देह होना भी वाजिब था। और फिर आप साहित्य में कुछ भी लिखते रहें, पर यदि आपके कमरे में ही कोई चोर घुस आए और उस पर भी आप उसे पीटें नहीं तो लोग आपको कायर न समझने लगें? खैर, उस समय तो सबकुछ छोड़कर मैं उस छोकरे की मलहम-पट्टी करने के लिए उसे नीचे ले गया। दूसरे दिन शास्त्रीजी चले गए।

पुरी से लौटे एक महीना हो गया है। नहीं जानता, शास्त्रीजी ने भी मुझे अपनी कहानी में गौण पात्र का स्थान दिया या नहीं, क्योंकि मुख्य पात्र के लायक तो उन्होंने मुझे समझा ही नहीं—पर अनजाने ही वे मेरी कहानी के मुख्य पात्र बन बैठे। महान आत्मा थीं—बिना मुख्य पात्र का स्थान दिए उनके साथ पूरा न्याय भी तो नहीं होता !

कील और कसक

जैसे ही कैलाश ने आकर बताया कि नया मकान मिल गया है, रानी के मन को जैसे ठेस लगी। उसने कहा, "तुम तो किसी बात के पीछे ही पड़ जाते हो। अब दूर मकान लेकर कितनी परेशानी उठानी पड़ेगी, यह भी सोचा है ? रात-दिन तुम्हें प्रेस में रहना पड़ता है, यहाँ थे तो जब चाहा ऊपर चढ़ आए, और मुझे भी तसल्ली रहती थी कि नीचे ही हो। दूर मकान लेकर यह काम कैसे निभेगा।"

"तुम्हीं ने तो अभी चार दिन पहले रो-रोकर घर-भर दिया था कि तुम अब एक घड़ी भी इस मकान में नहीं रहोगी। मेरा क्या है, जैसे भी होगा निभा लूँगा !"

"गुस्से में कह ही दिया तो उसका क्या ? मुझे नहीं बदलना मकान। साल-भर यहाँ रहते-रहते सबसे जान-पहिचान हो गई, अब कहाँ नई जगह जाकर रहूँगी।"

"जान-पहिचान ! सारे दिन तो लड़ती रहती हो, न लाज, न हया। मेरी तो नाक कटवाकर रख दी तुमने, अब तो तुम लाख कहो, मैं एक दिन भी तुम्हें इस घर में नहीं रहने दूँगा।"

रानी रो पड़ी, "मैं तुम्हारे हाथ जोड़ती हूँ, मुझे यहीं रहने दो। अब मुँह भी खोलूँ तो तुम्हारे सिर की क़सम।"

"मैं कह रहा हूँ, उठकर सामान बाँधना शुरू करो। कल जैसे भी हो, हमें नए मकान में चले जाना है।" और कैलाश धड़धड़ाता हुआ

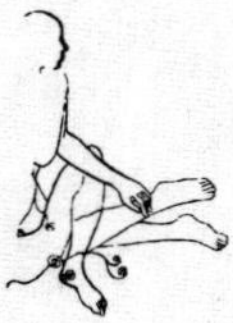

नीचे चला गया।

रानी का मन जाने कैसे अवसाद में डूब गया। वह पंखी लेकर चारपाई पर लेट गई। चाहकर भी सामान नहीं बाँधा गया। सामने शेखर का कमरा था। वह उसी ओर देखती रही। परसों जो कुछ कांड हो गया, उसका परिणाम इतना भयंकर निकलेगा, यह जानती तो अपने मन को क़ाबू में कर लेती। शेखर लाख बुरा हो फिर भी...। और उसकी आँखें भीग गईं। आँसू-भरी आँखों के आगे न जाने कितने धुँधले चित्र बिगड़ने लगे।

साल-भर पहले जब वह ब्याहकर इस घर में पहुँची थी तो अरमानों की आँधियाँ उसके मन में मचल रही थीं। चढ़ती जवानी और चाँद को शरमानेवाले रूप ने सुहाग-रात की कल्पना को और अधिक चटकीला रूप दे दिया था। औरतों के बीच वह घिरी बैठी थी, पर मन उसका इस सारे कोलाहल को पार कर, दोपहर की उबा देनेवाली इस नीरस लम्बी घड़ियों को पीछे छोड़, रात के उस मदिर पहर की ओर दौड़-दौड़कर जाता था, जब कोई बड़े दुलार से उसका घूँघट हटाकर, अपने रोम-रोम को आँख बनकर उसके रूप को निहारेगा और प्रशंसा के पुल बाँधकर दो अपरिचित हृदयों की दूरी के अस्तित्व को ही मिटा देगा। यह कल्पना यहाँ बैठे-बैठे भी उसके गालों को सुर्ख बना देती और एक मादक-सी सिहरन उसके सारे शरीर में दौड़ जाती। उसको लगता उसका अंग-अंग जैसे बेक़ाबू हुआ जा रहा है। अपने पति की सूरत के सौ-सौ काल्पनिक नक़्शे उसकी आँखों को आगे दौड़ जाते—कैसे होंगे वे ? और प्रश्न के साथ ही वह कल्पना में डूबने-उतराने लगती। जब बारात चढ़ी तो बड़ा मन हुआ था उसका कि सहेलियों के साथ वह भी छज्जे पर चढ़कर अपने प्रियतम की एक झलक तो देख ले, पर दादी-बुआ के बीच घिरी, वह वहाँ से हिल भी न सकी। उसकी उत्सुक आँखें लौटकर आई हुई सहेलियों पर टिक

गईं। पर वह इतना कुछ न जान पाई, जिसका सहारा लेकर मन के कौतूहल को मिटा पाती। हाँ, इतना उसने अवश्य सुना कि पति उसके काले हैं। दादी कह रही थीं, "अरे, मर्दों का क्या रूप देखना ? और फिर रंग का क्या—काला या गोरा ! रानी खाने-पीने की सार रखेगी तो रंग भी निखर आएगा। कमाबे तो तीन सौ है। भाग जाग गए रानी के—बस रानी बनकर ही रहेगी। फिर परिवार का टंटा नहीं, सास है तो गाँव में, बस दोनों मौज करेंगे।" और रानी बनकर मौज करने की इस कल्पना पर ही तो रह-रहकर उसका मन थिरक रहा था।

धीरे-धीरे रस्म-रिवाज, देखना-दिखाना, खाना-पीना, निन्दा-आलोचना का दौर समाप्त हुआ और घड़ी ने दस बजा दिए। अपने कमरे में सजी-सँवरी रानी के मन का बिखरा-बिखरा उल्लास प्रतीक्षा में बदल गया। हल्की-से-हल्की आहट पर भी उसका मन गुदगुदा उठता और नेत्र घूँघट के झीने आवरण को चीरकर कुछ खोजने लगते। क़रीब ग्यारह बजे सास आई, "अरे, अभी तक नहीं आया कैलाश ! हद्द करे है ये भी। आज के दिन तो परेस का काम छोड़ दिया होता। बिचित्तर आदमी है, बड़ा ही साधू। अपने सुख-आराम की तो इसे रत्ती-भर भी परवाह नहीं। लाओ, मैं ही बुला लाऊँ।" और वे धीरे-धीरे ज़ीना उतरने लगीं। इस विचित्र आदमी के साधुत्व ने रानी के आक्रोश को इस हद तक बढ़ा दिया था कि उसकी इच्छा हो रही थी कि वह रो ले, पर तभी किसी ने कमरे में प्रवेश किया। रानी की पलकें झपक गईं, इस आशा से कि जल्दी ही कोई हौले से आकर उसका घूँघट हटा देगा और फिर वह अपने लाज भरे चेहरे को छिपाने के लिए बेसुध-सी किसी के सीने का आश्रय ले लेगी। पर तभी एक रूखी कर्कश-सी ध्वनि ने उसकी कल्पना के आवरण को बुरी तरह चीर डाला, "इतनी देर जागने की कोई ज़रूरत नहीं थी, तुम्हें सो जाना चाहिए था। मेरा तो काम ही ऐसा है। आज भी माँ ज़बर्दस्ती बुला लाईं, अब सवेरे तक

सारा काम ख़तम न हुआ तो मुसीबत हो जाएगी।'' और वह रानी के अस्तित्व को भूलकर सो गया। रानी को लगा, वह अपने पास सोए इस आदमी का मुँह नोच ले, अपने बाल नोच ले, फूट-फूटकर रो पड़े और आँसुओं से सारे घर को और नीचे ही निरन्तर धड़धड़ करनेवाले इस प्रेस को डुबो दे। पर ऐसा कुछ भी नहीं हुआ और ख़ामोशी से आँसू बहाते और सर्द आहें भरते-भरते रानी सो गई।

दूसरे दिन ही घर अपनी असली स्थिति में आ गया। बड़ा कमरा—जो उस घर का सबसे शानदार कमरा था—पड़ोसियों को लौटा दिया गया। विवाह के लिए वह माँग लिया गया था। दो नौकर और एक महाराज जो कल दौड़-दौड़कर काम कर रहे थे, अपना-अपना हिसाब लेकर चलते बने। रह गए घर में तीन प्राणी, एक कमरा, एक छोटी-सी कोठरी और एक छोटी-सी रसोई। घर के नीचे प्रेस था, और ऊपर के तल्ले में मकान मालिक रहते थे। बीच के तल्ले में तीन किराएदार रहते थे। सारा वातावरण काफ़ी घुटा-घुटा था और प्रेस की लगातार धड़धड़ की आवाज़ एक अच्छे-भले आदमी के सिर में दर्द पैदा करने के लिए पर्याप्त थी। सास खाना बनाने बैठी तो मजबूरन उस धुएँ से घुटी रसोई में रानी को भी जाना पड़ा, एक बार के आग्रह से ही सास चूल्हा छोड़कर दरवाज़े पर बैठकर बहू को घर के रंग-ढंग से परिचित कराने लगीं, सारा काम-काज समझाने लगीं। उस अँधेरे चौके में देखने की सुविधा के विचार से रानी ने घूँघट कम कर दिया था। सास ने सबसे पहले उसी को लेकर आदेश दिया—

''सिर का पल्ला ज़रा नीचे रखा करो बहू—पचास तरह के लोग यहाँ आवै-जावै हैं। फिर कैलाश को बेशर्मी पसन्द भी नहीं।''

''अब तुमसे घर का क्या छिपाना—कैलाश पर बारह हज़ार का कर्जा है। जाने कैसी मनहूस घड़ी में यह कुकर्म हुए उससे। अब तो बेचारा रात-दिन एक करके पैसा कमा रहा है। न खाने की सुध, न

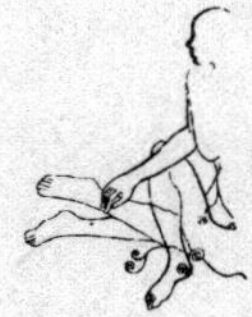

पीने की। किसी तरह शादी करने को राज़ी नहीं होवै था, कौन एक प्राणी का खर्च बढ़ाए, पर मैंने ही ज़ोर-ज़बर्दस्ती करके शादी करवा दी। आख़िर कोई खाने-पीने का ख़याल रखनेवाला भी तो हो। मैं तो...''

''खाना बन गया, अम्माजी ?'' अम्मा की बात का स्रोत टूट गया। एक अपरिचित को सामने देखकर रानी ने घूँघट और खींच लिया।

''हाँ-हाँ बन गया, आओ बेटा, बैठो। अब मैं तो दो-तीन दिन में गाँव चली जाऊँगी, तुम और तुम्हारी ये भाभी मिलकर कैलाश का ख़याल रखना बेटा ! बड़ा बिचित्तर आदमी है। बहू, एक थाली तो लगा दो। ये सामनेवाले कमरे में रहें और यहीं खावैं हैं।''

रानी ने घूँघट में ही झाँककर देखा, एक सुन्दर आकृति उसी की ओर देख रही है। वह अन्दर-ही-अन्दर सकुचा गई। उसे लगा, सामनेवाले पुरुष की आँखें जैसे उस घूँघट को चीरकर उसके चेहरे को निरख रही हैं। उसने थाली लगाकर सरका दी।

''अम्मा, भाभी से कह दो मुझसे पर्दा न करें। तुम भी नहीं रहोगी और ये यों लाज की छुई-मुई बनी रहेंगी तो मुझसे खाते नहीं बनेगा। तुमने बेटा माना तो ये क्या देवर न मानेंगी ?'' रानी को लगा, कोई है—जो उसका चेहरा देखने को व्याकुल है, और एक अव्यक्त-सी इच्छा उसकी रग-रग में समा गई कि वह घूँघट उलटकर अपना चाँद-सा मुखड़ा उसके सामने कर दे। पर वह वैसे ही रोटी बेलती रही।

''वाह ! खाना तो भाभी बहुत बढ़िया बनाती हैं। अरसे से ऐसा स्वादिष्ट खाना नहीं खाया अम्मा !''

रानी का प्रशंसा का भूखा मन पुलक उठा, हाथों की गति बढ़ गई और एक बार उसने संकोच से सामने बैठे व्यक्ति पर उड़ती-सी नज़र डाली। भरा-पूरा स्वस्थ सुन्दर चेहरा और तभी उसके सामने मुँहासों और चेचक के दाग से भरा एक काला-सा चेहरा उभर आया।

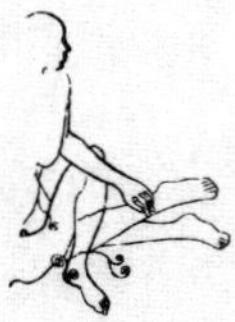

उसके हाथ फिर शिथिल पड़ गए।

खाना खाकर वह चला गया।

अम्मा बोलीं, "25 रुपया महीना देवै है और दोनों समय खाना खावै है। अकेला जीव है, बड़ा भला। इसे ठीक से खिला दिया करो। कैलास तो सदा ही काम में रहे है सो यह कभी-कदास काम भी कर दिया करेगा !"

दो दिन बाद अम्मा चली गईं। रानी के लिए ज़िन्दगी पहाड़ हो गई। वह अपने कमरे के दरवाज़े पर पड़ी चिक पर खड़ी होकर देखा करती। ठीक सामने शेखर का कमरा था, ढेर किताबें, सब अस्त-व्यस्त। शेखर को देखकर उसका मन कैसा-कैसा होने लगता। खाना खाने जब वह आता तो बड़ा आग्रह करता घूँघट खोलने का, बड़ी प्रशंसा करता उसके खाने की। धीरे-धीरे कब रानी का घूँघट खुल गया और खाने की प्रशंसा, रूप की प्रशंसा में बदलकर उसके अतृप्त मन को तृप्त करने लगी, वह स्वयं नहीं जान पाई। कैलाश के स्वभाव की रुखाई को वह शेखर की सरसता के सहारे ही बर्दाश्त करने लगी। सवेरे-शाम शेखर बाहर रहता और सारे दिन घर। धीरे-धीरे वह अपने कमरे की अपेक्षा, रानी के कमरे में रहने लगा। वह उसको अपनी कविताएँ सुनाता, कहानियाँ सुनाता। रानी चाहे कुछ समझती या नहीं, पर शेखर की हर बात में बड़ा रस लेती।

उस दिन सवेरे बड़ा शोर मच गया। अचानक नल बन्द हो गए। सब लोग नीचे के नल पर पानी लेने को दौड़ पड़े, क्योंकि नीचे पानी दस बजे तक ही आता था। रानी भी बाल्टी लेकर पानी भरने पहुँची। भरी बाल्टी लिए वह ऊपर चढ़ आई, पर जाने कैसे साड़ी पैर में उलझ गई और वह गिर पड़ी। बाल्टी से उसकी अँगुली कट गई, खून बहने लगा। कैलाश प्रेस जाने के लिए नीचे उतर रहा था। एक तो उसे यों ही देर हो गई थी, दूसरे रानी का इस प्रकार सबके बीच गिर पड़ना

देखकर उसे क्रोध आ गया। झल्ला पड़ा वह, "देखकर क्यों नहीं चलती हो। अब जाकर कपड़े बदलो, गीले कपड़े पहिने यहाँ सबके सामने क्यों बैठी हो ?" और वह धड़धड़ाता हुआ उतर गया। उसके जाते ही शेखर आया—हाथ पकड़कर उठाया। खून देखते ही बोला, "अरे, यह क्या ? तुमने तो अँगुली काट ली।" और झट जेब से रूमाल निकाल उसने बड़े दुलार से उसके हाथ में बाँध दिया। प्रेम से बाँधी गई उस गाँठ में अनायास ही रानी का हृदय भी बँध गया।

चौबीसों घंटे प्रेस की मशीनों के बीच काम करते-करते कैलाश स्वयं एक मशीन बन गया था, भावनाहीन, रंसहीन। उसे न रानी में दिलचस्पी थी, न घर में। क़र्ज़ का भूत कोड़े लगा-लगाकर उससे काम करवाता था। शहर में प्रदर्शनी हो रही थी, रानी ने कितनी ही बार कैलाश से कहा, "एक दिन मुझे प्रदर्शनी ही दिखा लाओ। देखो ना, पड़ोस की सारी औरतें देख आईं।" "तुम भी किसी के साथ चली जातीं ! मुझे तो समय नहीं है सैर-सपाटों के लिए।"

"वे कोई अकेली जाती हैं, जो चली जाती ! सब अपने-अपने मर्दों के साथ जाती हैं।" फिर कुछ रुककर बोली, "तुम कहो तो शेखर के साथ चली जाऊँ ?"

"दूसरी औरतों के मर्दों के साथ जाते तो तुम्हें अजीब लगता है और शेखर के साथ अकेले जाते शर्म नहीं लगती ?" स्वर में कुछ तीखापन और आँखों में कुछ सन्देह का भाव था, जिसने रानी के हृदय को मथ डाला।

कैलाश के जाते ही वह फूट-फूटकर रोने लगी। विवाह से लेकर आज तक वह अनेक प्रकार से अपने मन को समझाती आई है, पर आज उसका मन बुद्धि और तर्कों के जाल को तोड़कर पूरी शक्ति के साथ विद्रोह कर उठा। तभी उसने बालों पर किसी के स्नेहिल स्पर्श का अनुभव किया, "क्या बात हुई भाभी, रो क्यों रही हो ?"

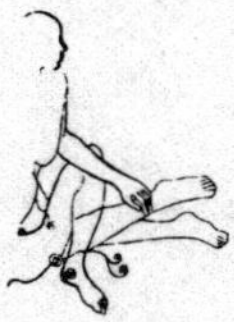

पर रानी कुछ बता नहीं सकी, बस फूट-फूटकर रोती रही। अपने अपमान, अपनी उपेक्षा की बात किस मुँह से वह कहती। शेखर ने अपनी जेब से अख़बार में लिपटा हुआ कुछ निकाला और बोला, ''कल रात प्रदर्शनी देखने गया था—तुम्हारे लिए वहाँ से ये चूड़ियाँ और बिन्दियाँ खरीद लाया हूँ।'' पर रानी थी कि रोती रही, आँसू जैसे थम ही नहीं रहे थे।

गर्मी बढ़ चली थी। चूल्हे के पास बैठने से रानी के दोनों गाल लाल सुर्ख हो गए थे। वह कमरे में बैठकर, पंखी लेकर पसीना सुखा रही थी। तभी शेखर आया तो उसके गालों की सुर्खी देखकर वह एकटक उधर ही देखता रह गया। दिलोजान से इस दृष्टि का स्वागत करते हुए भी रानी ने कहा, ''यों क्या घूर रहे हो मुझे ?''

शेखर मुस्करा दिया, ''जाने क्यों तुम्हारे गालों को देखकर मुझे गुलाब के उन फूलों की याद आ गई जो रोज़ सवेरे बगीचे में देखता हूँ। जब उन गुलाबों को देखता हूँ, तब भी मुझे अक्सर तुम्हारे गालों की याद आ जाया करती है।''

''चलो, बड़े बेहूदे हो तुम। भले आदमी ऐसी बात नहीं करते, समझे ? लो, अब खाना खा लो।'' और रानी फिर चूल्हे के पास बैठकर रोटी सेंकने लगी।

''भाभी, तुम मेरे लिए रोटी बनाकर रख दिया करो। मेरे खाने का कोई समय ठीक नहीं, नाहक तुम चौका लिए बैठी रहती हो।''

''कौन मेरे पास बड़ा काम है ? यों ही तुम तीन रोटी खाते हो, ठंडी होगी तो शायद एक खाकर ही उठ जाया करोगे।''

दोपहर में जब रानी अपनी पड़ोसिनों के पास बैठती तो उस बिल्डिंग के लोगों की टीका-टिप्पणी ही उनका विषय होता। उस समय शेखर की प्रशंसा के पुल बाँधते-बाँधते रानी अक्सर उस सीमा तक पहुँच जाती थी, जहाँ पहुँचकर वह स्त्रियों के सन्देह का कारण

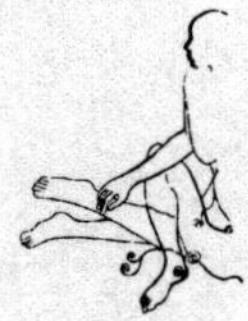

बन जाया करती थी। कैलाश को तो कुछ भी ख़बर नहीं रहती कि ऊपर क्या होता है, पर छोटी-से-छोटी बात में भी किसी बड़े रहस्य का उद्घाटन कर डालने को आतुर रहनेवाला स्त्रियों का मन, रानी और शेखर की घनिष्ठता से उदासीन न रह सका। पर बात अभी कानाफूसी तक ही सीमित थी, आम आलोचना का विषय नहीं बन पाई थी। तभी शेखर ने एक दिन आकर बताया, ''मेरी जीजी आ रही हैं। जब तक वे रहेंगी तब तक तो मैं तुम्हें खाना बनाने के कष्ट से मुक्ति दे दूँगा।''

''अरे, अपनों को खिलाने में भी कोई कष्ट होता है ? जीजी बेचारी थोड़े से दिनों के लिए आ रही होंगी और तुम उनसे रोटी सिंकवाओगे ? जीजी भी यहीं खा लेंगी।''

पर शेखर ने बात मानी नहीं, कैलाश इस अतिरिक्त खर्चे को बर्दाश्त न करता और जीजी किसी के घर खाना पसन्द नहीं करतीं। जीजी आईं तो शेखर ने बड़ी तारीफ़ करके, अपनापन दिखाकर रानी का परिचय करवाया। रानी ने बड़े प्रेम और आदर से उनके पैर छुए, स्वागत किया। दोपहर को दोनों बातें करने बैठीं तो जीजी बोलीं, ''इस बार तो मैंने ऐसी लड़की ढूँढ़ी है कि शेखर को हाँ करनी ही होगी। बड़ा परेशान कर डाला हमें तो इस शेखर ने। सत्तर गुण तो एक लड़की में मिलने से रहे, फिर आदमी अपनी औकात भी देखे। पढ़ी-लिखी होगी तो वह तुम्हारे घर क्यों आएगी भला ! वह भी किसी अफ़सर-ओहदेवाले को ढूँढ़ेगी। और रूप की बात कहो तो ऐसी है कि चाँद भी लजा जाए।''

''तो इन्होंने पसन्द कर ली लड़की ?'' रानी के स्वर का उत्साह कुछ उतार पर आ गया था।

''अभी देखी ही कहाँ है ? वह तो बस एक ही रट लगाए है कि मुझे शादी करनी ही नहीं। पर तुम्हीं बताओ, बिना ब्याह और औरत

के भी कोई ज़िन्दगी है मरी ?"

"सच पूछो तो जीजी, क्या रखा है ब्याह में भी ? एक बन्धन ही तो है, जी का जंजाल। बिना ब्याह के तो कैसी मस्ती रहती है, नहीं तो पचास झंझट।"

"तुम भी कैसी बातें करो बहू ! खुला बैल सत्तर जगह मुँह मारे है। आदमी अपने खूँटे से बँध जाए तो चित्त भी ठिकाने रहे।"

और शेखर के लिए मनोनीत पत्नी के रूप की, गुणों की प्रशंसा करते-करते जीजी ने सारी दोपहर ही ढाल दी। इधर दिन का प्रकाश साँझ के धुँधलके में डूबता जा रहा था, उधर एक अव्यक्त से विषाद से रानी का मन भारी होता जा रहा था।

दूसरे दिन शेखर अपनी जीजी के साथ लड़की देखने चला गया। तीन दिन बाद लौटा तो जीजी ने आनन्द से गद्‌गद होकर शेखर की स्वीकृति का समाचार सब लोगों को सुना दिया। साथ ही यह भी बताया कि अब तो वे आते महीने में ब्याह करके ही लौटेंगी। शेखर जब रानी के सामने पड़ा तो रानी ने कहा, "अब तो मुँह मीठा कराओ।"

"क्या बताएँ भाभी, हम तो बस बुरी तरह घायल हो गए। लगता है, ईश्वर ने बड़ी फुर्सत में गढ़ा है उसे। यों बिल्कुल देहातन है, पढ़ी-लिखी भी बिल्कुल नहीं, पर बस, उस रूप से ही मार डाला।" उसके स्वर में उल्लास छलका पड़ रहा था।

रानी तरकारी काटने बैठी तो अँगुली पर ही चाकू चल गया। चूल्हा जलाया तो जाने कैसे हाथ जल गया, पर जैसे उसे जलन महसूस ही नहीं हुई। कैलाश आया तो वह खाना परोसने बैठी। शिथिल हाथों से उसने थाली परोसी और चकले पर रोटी बेलने लगी। तवा चढ़ाना भूल ही गई ओर रोटी बेलकर एकदम चूल्हे में ही डाल दी। कैलाश रानी के इस अनमनेपन को कभी से लक्ष्य कर रहा था, "कहाँ ध्यान है

तुम्हारा?'' रानी ने अपने-आपको संयत किया। कैलाश खाकर चला गया तो उसने चौका उठा दिया। उस दिन उससे खाना न खाया गया। फिर बिना कारण ही वह पलंग पर गिरकर फूट-फूटकर रोने लगी तो अनजाने ही उसका मन किसी के स्नेहिल स्पर्श की आशा के लिए छटपटाता रहा, पर कोई न आया और रोते-रोते ही रानी न जाने कब सो गई।

शेखर ब्याह करके आ गया। जीजी ने सिर-दर्द का बहाना करके अपने कमरे में ही पड़ी रही। यों अपने कमरे में से वह झाँककर जितना देख सकती थी उसने जरूर देख लिया था। सारी औरतों में नई बहू के रूप की चर्चा हो रही थी। रानी अनमनी-सी लेटी थी, तभी जीजी बहू को लिए हुए वहीं पहुँच गईं। ''ये तुम्हारी जिठानी हैं, इनके पैर छुओ !''और बहू ने पैर छू लिए।

''अब तुम्हारी तबियत कैसी है रानी ?''

''ठीक है, बैठो।'' और रानी ने बहू का घूँघट उठाकर उसका मुँह देख...सगुन भी दिया पर उसके मुँह से प्रशंसा का एक शब्द भी नहीं निकला।

इधर-उधर की बातें करके, अत्यधिक व्यस्तता का बहाना बनाकर जीजी बहू को लेकर चली गईं। उनके जाते ही रानी अनमनी-सी फिर लेट गई। न जाने क्या था, जो रह-रहकर टीस रहा था, कसक रहा था। थोड़ी देर बाद वह उठी, शीशा उठाकर उसने अपना चेहरा देखा। एक निःश्वास छोड़कर वह फिर लेट गई।

घर-गृहस्थी की बातें समझाकर जीजी चली गईं। नई बहू ने रानी से मित्रता गाँठने की बड़ी चेष्टा की, पर रानी का रूख देखकर साहस न हुआ। उसने पति से कहा, ''तुम तो इतनी तारीफ़ करते थे, बड़े

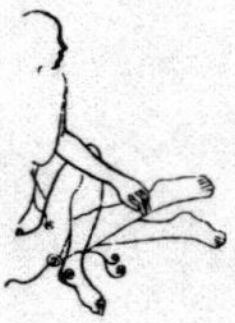

मिज़ाज हैं तुम्हारी इन भाभी के तो, जाओ तो सीधे मुँह बात ही नहीं करतीं।''

''कौन, भाभी? नहीं-नहीं, बड़ा अच्छा स्वभाव है उनका।''

''क्या जाने भाई! हम से तो ठीक से नहीं बोलतीं। और उनके आदमी को तो मैं कभी ऊपर देखूँ ही नहीं, कैसे हैं?''

शेखर नहाकर आया था, तैयार हो चुका तो सीधा रानी के कमरे में पहुँचा, ''भाभी, क्या बात है, तुम्हें बहू पसन्द नहीं आई? कहती थी, तुम उससे ठीक से बोलती नहीं।''

''नहीं बोलती तो क्या फाँसी पर चढ़ा दोगे? आए चार दिन नहीं हुए और तिरिया चरित्तर शुरू कर दिया!''

''अरे, तुम्हारी क्या शिकायत करेगी, मैंने ही उससे कहा था कि भाभी के पास आया-जाया करो तो मन लगा रहेगा।''

''मैं कोई किसी का मन बहलाने के लिए लौंडी-बाँदी हूँ?''

''तुम नाहक ही बिगड़ रही हो। सच बोलो, तुम्हें पसन्द नहीं आई?''

''मुझे क्या करना पसन्द-नापसन्द करके। रूपवती है तो सिर पर बिठाकर रखो, मुझे क्यों सुना रहे हो बार-बार।''

निहायत ही बदतमीज़ी की बातों से इस बार शेखर झल्ला गया। वह रानी के आक्रोश को समझता था, पर किसी तरह उसे उचित नहीं ठहरा पाता था।

रोज़ शाम को शेखर अपनी बीवी को घुमाने ले जाता। उसने घूँघट काढ़ना छोड़ दिया था, और वह बड़े नखरे से सजकर निकला करती थी। रानी खुलेआम उसकी बेशर्मी की आलोचना करती। कभी छत गन्दी करने के अपराध में, तो कभी पानी ज़्यादा बहाने की शिकायत लेकर वह अक्सर बहू से लड़ लिया करती थी। शुरू में तो बहू संकोचवश चुप रह जाया करती थी, पर आख़िर वह भी देहात की थी,

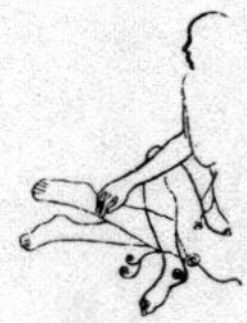

लड़ने-झगड़ने में माहिर। रानी कुछ सुनाती तो सवाया उत्तर पाती। ज्यों-ज्यों नई बहू की शोखियाँ और रूप निखरता जा रहा था, दोनों का झगड़ा और अधिक तूल पकड़ता जा रहा था। अब तो आए दिन दोनों में झगड़ा होता, आस-पास की औरतों को समझाना पड़ता। उस समय रानी बड़े तैश में कहती, "एक साल से इस घर में रह रही हूँ। क्या मजाल जो किसी से भी कहा-सुनी हुई हो। लड़ना-झगड़ना मेरी तो आदत में ही नहीं है, पर नीचों के बीच रहकर नीच ही बनना पड़ता है।" 'नीच' शब्द के आते ही फिर जो वाक् युद्ध होता तो आँसुओं की अजस्र धाराओं में ही उसकी समाप्ति होती। कितनी ही बार शेखर घर में होता, पर न तो वह एक शब्द ही बोलता, न बाहर आता। ऐसी स्थिति में रानी स्वर को सप्तम पर ले जाकर कहती, "भला करने का जमाना नहीं रहा। अरे साल-भर तक रोटियाँ ठोंक-ठोंक कर खिलाईं, उसकी कौन कहे? चार दिन इसे आए नहीं हुए कि सब किए-कराए पर पानी फिर गया। ऐसे नमकहराम भी नहीं देखे होंगे कहीं?" पर शेखर फिर भी खामोश रहता।

एक दिन कैलाश ने कहा, "यह रोज़-रोज़ क्या महाभारत मचा रहता है घर में? कुछ लाज-शरम भी है या नहीं?"

"तो मैं क्या करूँ, कब तक किसी की सहूँ ! वह चार दिन की ब्याही, उसे ही शरम नहीं तो मुझे ही क्या पड़ी है? तुम्हें तो सारा दोष मेरा ही दिखता है।"

दोष किसी का भी हो, तुम्हें मुँह खोलने की ज़रूरत नहीं है।"

पर इस चेतावनी के बाद भी रोज़ के महाभारत में कोई अन्तर न आया। पड़ोस की औरतों का पक्ष अपनी ओर करने के लिए उसके पास एक ही दलील थी कि उसने शेखर को इतने दिन रोटियाँ खिलाईं। और जब पक्ष का बहुमत उसकी ओर हो जाता और सब एकमत होकर कह देती कि शेखर जैसे स्वार्थी आदमी इस दुनिया में ढूँढ़े से भी शायद

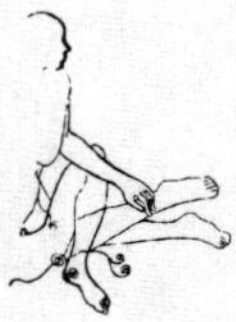

ही मिले तो रानी तत्काल ही कह देती, ''अरे, शेखर तो ऐसा बुरा आदमी नहीं, यह तो जब से इस चुड़ैल का पैर घर में पड़ा है, उसकी भी मति भ्रष्ट हो गई, नहीं तो साल-भर मेरे साथ रहा, क्या मजाल कि कभी ज़रा-भी बेअदबी की हो, पर अब देखो, कैसा बदल गया। बाहर बहू गालियाँ बके तो अन्दर बैठा गटर-गटर सुनता रहे, यह नहीं होवे कि झौंटा पकड़ के दो धौल जमा दे।'' इस प्रकार की चख-चख बहू से रोज़ ही हुआ करती, पर परसों वह शेखर से भी उलझ गई। उस दिन हवा प्रायः बन्द थी और उमस ऐसी कि दम घुटा जा रहा था। रानी छत पर खटिया डालकर पंखे से हवा करते हुए जैसे-तैसे अपने झुलसते हुए शरीर को शान्त करने का असफल-सा प्रयास कर रही थीं। तभी शेखर अपने पीछे एक कोयलेवाले को लेकर ऊपर आया और छत के एक कोने की ओर इंगित करके कोयला रखने को कहा। यह सुनते ही रानी भभक उठी।

''छत साझे की है, यहाँ किसी का कोयला गोबर-मिट्टी नहीं रहेगा, मैं अभी से कहे देती हूँ।''

शेखर ख़ामोश रहा। उसने कोयलेवाले का हिसाब साफ़ करने के लिए पैसे निकाले और गिनने लगा।

''कान नहीं हैं क्या ? मैं कह रही हूँ कि छत पर कोयले नहीं रहेंगे। गर्मी के दिन हैं, सब सोते-बैठते हैं। यह कोई कोयले रखने की जगह है भला !''

''छत साझे की है, हम अपने हिस्से में चाहे जो करें, किसी को इससे मतलब ?'' और उसने कोयलेवाले का हिसाब साफ़ किया।

रानी का क्रोध जो गर्मी के कारण कब से ही उबल रहा था, इस बात को सुनते ही फट पड़ा।

''मैं कहती हूँ, कोयले यहाँ नहीं रहेंगे।'' और उसने जाते हुए कोयलेवाले को आदेश दिया कि बोरी हटा दे। कोयलेवाला बेचारा

असमंजस में पड़ गया।

"मेरा मुँह क्या देख रहा है, जाकर बोरी को रसोई में पटक आ। कोयले यहाँ नहीं रहेंगे।"

शेखर इस प्रकार के झगड़ों में शायद कभी भाग नहीं लेता, पर जब रानी ने बोरी में से कोयले निकाल-निकालकर फेंकने आरम्भ किए और अनाप-शनाप बकना शुरू किया तो उसे मजबूरन बोलना पड़ा—

"हट जाओ यहाँ से, अपने हिस्से की छत पर रहो, नहीं तो हाथ पकड़कर निकाल दूँगा।"

अब तो ग़जब हो गया। रानी गले की पूरी ताक़त के साथ चिल्लाने लगी। उसने अपना हाथ शेखर के शरीर से एक प्रकार से सटा-सा दिया, "ले पकड़, पकड़ तो हाथ। ये हाथ पकड़कर हटावेंगे। अब पकड़ता क्यों नहीं, असल मरद का बच्चा है तो पकड़कर ही दिखा दे।" और वह हाथ को उसके शरीर से सटाए चली जा रही थी। शेखर अन्दर चला गया, पर रानी की चीख़-पुकारों ने सारा अड़ोस-पड़ोस इकट्ठा कर लिया।

"अब क्या भले आदमी इस घर में रह सकेंगे ! अपने घर में एक छिन्नाल बिठा रखी है तो सबको छिन्नाल ही समझ रखा है। पराई औरतों का हाथ पकड़ेंगे !" और वह फूट-फूटकर रोने लगी।

"किसने हाथ पकड़ लिया ?"

"हाथ पकड़ लिया ? किसने हाथ पकड़ लिया ?"

"बड़े आए हाथ पकड़नेवाले, ज़रा पकड़कर तो देखें। अब औरतों की तरह मुँह छिपाकर अन्दर बैठ गए। ज़रा निकलकर हाथ पकड़ें तो सही।" आँसुओं से भीगा होने पर भी स्वर काफ़ी तेज़ था।

ऊपर खड़ी मालकिन भी यह तमाशा देख रही थीं। उन्होंने रानी को बुलावाया। रानी रोती-चीख़ती ऊपर चली गई। "क्या शेखर ने तुम्हारा हाथ पकड़ लिया ?"

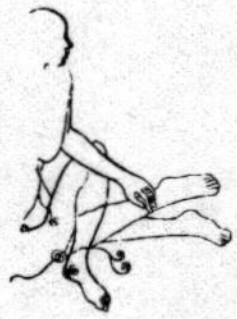

"नहीं, हाथ पकड़ तो कैसे ले...कोई तमाशा है ?" और वह फूट-फूटकर रोने लगी।

"तब फिर क्यों ऐसे रो रही हो—कहा-सुनी तो हो ही जाया करती है।"

पर रानी थी कि रोए चली जा रही थी। उसने हाथ शेखर के शरीर से सटा दिया था, फिर भी उसने नहीं पकड़ा, नामर्द कहीं का !

बात कुछ भी न थी, फिर भी सारे घर में यों फैली कि शेखर ने रानी का हाथ पकड़ लिया। कैलाश ने सुना तो आगबबूला हो गया। काम छोड़कर ऊपर आया। रानी को कमरे से खींचकर उसने दो-तीन लात जमा दीं। "एक दिन शान्ति से नहीं रहने देगी यह चुड़ैल। सारे दिन चखचख...मैं कल ही सब काम छोड़कर नया मकान ढूँढ़ लूँगा। इस घर में रहना हराम कर दिया !"

रानी रोती रही। दोष उसका नहीं, फिर भी पिट रही है। उधर शेखर की बहू चाहे कुछ भी करे, शेखर उसे पान-फूल की तरह ही फेरता रहता है। अपने इस दुर्भाग्य पर उसका हृदय बुरी तरह मथा ज़ा रहा था। तभी उसने सुना, शेखर के कमरे से रोने की आवाज़ आ रही थी। स्वर बहू का था—तो आज पड़ गई बहू पर। परम सन्तोष से उसका मन-भर गया और वह पूरी तरह सतर्क होकर उधर की आहट लेने लगी।

"ख़बरदार जो तुम कभी भी भाभी से लड़ीं। दोष चाहे किसी का भी हो, पर तुम बोलीं तो ठीक नहीं होगा, यह मैं अभी से कहे देता हूँ।"

बहू ने भी कुछ कहा पर स्वर सिसकियों में ही खो गए। रानी कुछ समय के लिए गर्मी की तकलीफ़ को भी भूल गई। थोड़ी देर में उसने बहू को कमरे के बाहर देखा। अधिक रोने के कारण आँखें सूज आई थीं। रानी ने मन में सोचा, दो-एक धौल भी पड़े दिखते हैं। अब अक्ल

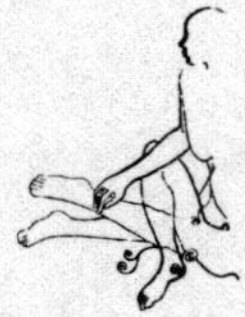

ठिकाने आ जाएगी, सारा गरूर झड़ जाएगा रानी साहब का। सारे दिन रानी का मन प्रसन्न रहा। आख़िर कुछ भी हो, शेखर का मन वह जानती है पर तभी कैलाश ने आकर बताया कि मकान ठीक हो गया है।

और उसकी विचार-धारा ने पलटा खाया। अब उसे यहाँ से जाना ही पड़ेगा। कैसे झक्की आदमी से पाला पड़ा है। खुद तो सारे दिन मशीनों में जुते रहते हैं, मैं यहाँ चार आदमियों में रहती थी सो भी इन्हें नहीं सुहाया। मैं नहीं जाऊँगी, वह मन-ही-मन बुदबुदा रही थी कि कैलाश ने आकर फटकार दिया–

"यह क्या...तुम यों ही पड़ी हो–उठकर सामान क्यों नहीं बाँधतीं ?" रानी से कुछ न कहा गया। मन मारकर उठी और सामान बाँधने लगी। सब कपड़े बक्सों में बन्द किए। शाम को खाना बनाने के दो-चार बर्तनों को छोड़कर बर्तन बन्द किए। और तो घर में सामान ही क्या था ! कपड़े जमाते समय एकाएक उसके हाथ में अख़बार में लिपटा एक पुलिन्दा आ गया। उसमें लिपटी चूड़ियाँ और चमचमाती बिन्दियों को देखकर अनायास ही उसकी आँखें-भर आईं। एक गहरी निःश्वास छोड़कर वह फिर काम करने लगी। शाम को ही सारा सामान ठेले में लदवाकर कैलाश चला गया। सब सामान जमवाकर रात में वह लौटेगा और दूसरे दिन सवेरे इस घर से वे लोग चले जाएँगे। घर छोड़ने की बात से ही रानी का कलेजा मुँह को आ रहा था। वह रो-रोकर सबसे मिल आई थी। बस, शेखर के यहाँ नहीं गई। वहाँ जाएगी भी नहीं, पर मन उसका बड़ा कर रहा था कि चली जाए।

सवेरा हुआ, ताँगा आया। भीगी आँखों से उसने सबसे विदा ली। सामने बहू खड़ी थी। उसकी आँखें शेखर को ढूँढ़ रही थीं। पर वह दिखा नहीं। बहू को देखते ही उसे लगा, यह कम्बख़्त ही सब अनर्थों की जड़ है–उसका क्रोध भभक गया। जाते-जाते भी उसको लक्ष्य

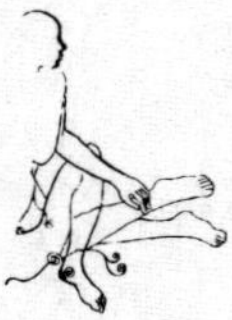

करके बरस पड़ी, "अब खूब फैल-फैलकर रहना—सारे दिन नहान-घर में घुसी रहना, सारी छत पर कोयले फैलाकर रखना, कोई तुम्हें कुछ कहने नहीं आएगा। एक दिन चैन से नहीं रहने दिया।" कह वह बहू से रही थी पर बराबर उसकी आँखें कमरे पर पड़ी चिक के पार लगी थीं, जाने वह क्या चाह रही थी। तभी कैलाश का स्वर सुनाई पड़ा, "अरे जल्दी करो, ताँगेवाला चिल्ला रहा है।"

कसकते मन को लेकर रानी उतर पड़ी। आँखें इस समय भी उसकी भरी थीं, और उससे भी ज़्यादा भरा था उसका मन। ताँगे में एक कील निकल रही थी। रानी ने देखा नहीं और जाने कैसे पकड़ा कि कील अँगुली में। हाथ खींचते ही खून बह आया। कैलाश ने देखा तो झल्ला उठा, "कोई काम देखकर नहीं करतीं, और कुछ नहीं तो हाथ काट लिया ?" रानी एकटक अँगुली से बहते खून को देख रही थी और एक अस्पष्ट-सी तस्वीर उसकी आँखों के आगे उभर आई, "अरे, यह क्या, तुमने तो अँगुली काट ली भाभी !" और चट से एक रूमाल बँध गया।

मन का गुब्बार कहीं भयंकर उच्छ्वास में न फूट पड़े, इसलिए उसने ज़ोर से अपनी खून से सनी अँगुली को दाँतों में दबा लिया।

"अब ज़रा-सी लग ही गई तो यों रास्ते में रो क्यों रही हो ? घर चलकर पट्टी बाँध लेना।"

पर रानी रोती ही रही, रोती ही रही...

दो कलाकार

"ऐ रूनी उठ," और चादर खींचकर, चित्रा ने सोती हुई अरुणा को झकझोरकर उठा दिया।

"क्या है...क्यों परेशान कर रही है ?" आँख मलते हुए तनिक खिझलाहट-भरे स्वर में अरुणा ने पूछा। चित्रा उसका हाथ पकड़कर खींचती हुई ले गई और अपने नए बनाए हुए चित्र के सामने ले जाकर खड़ा करके बोली—"देख, मेरा चित्र पूरा हो गया।"

"ओह ! तो इसे दिखाने के लिए तूने मेरी नींद ख़राब कर दी। बद्तमीज़ कहीं की !"

"इस चित्र को ज़रा आँख खोलकर अच्छी तरह तो देख। न पा गई पहला इनाम तो नाम बदल देना।" चित्र को चारों ओर से घुमाते हुए अरुणा बोली, "किधर से देखूँ, यह तो बता दे ? हज़ार बार तुझसे कहा कि जिसका चित्र बनाए उसका नाम लिख दिया कर जिससे ग़लतफ़हमी न हुआ करे, वरना तू बनाए हाथी और हम समझें उल्लू।" फिर तस्वीर पर आँख गड़ाते हुए बोली, "किसी तरह नहीं समझ पा रही हूँ कि चौरासी लाख योनियों में से आख़िर यह किस जीव की तस्वीर है ?"

"तो आपको यह कोई जीव नज़र आ रहा है ? अरे, ज़रा अच्छी तरह देख और समझने की कोशिश कर।"

"यह क्या ? इसमें तो सड़क, आदमी, ट्राम, बस, मोटर,

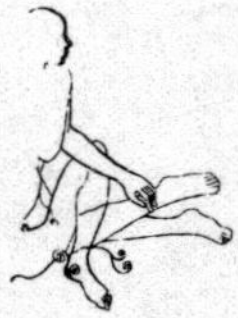

मकान—सब एक-दूसरे पर चढ़ रहे हैं, मानो सबकी खिचड़ी पकाकर रख दी हो। क्या घनचक्कर बनाया है ?'' और उसने वह चित्र रख दिया।

''ज़रा सोचकर बता कि यह किसका प्रतीक है ?''

''तेरी बेवकूफ़ी का। आई है बड़ी प्रतीकवाली।''

''ज़रा-सा दिमाग़ लगाने की कोशिश करेगी तो समझ में आ जाएगा कि यह चित्र आज की दुनिया के कन्फ्यूज़न का प्रतीक है। बस हाँ थोड़ा दिमाग होना ज़रूरी है।'' चित्रा ने चुटकी ली तो अरुणा भभक उठी—

''मुझे तो तेरे दिमाग़ के कन्फ्यूज़न का प्रतीक नज़र आ रहा है। बिना मतलब ज़िन्दगी ख़राब कर रही है।'' और अरुणा मुँह धोने के लिए बाहर चली गई। लौटी तो देखा तीन-चार बच्चे उसके कमरे के दरवाज़े पर खड़े उसकी प्रतीक्षा कर रहे हैं। आते ही बोले, ''दीदी ! सब बच्चे आकर बैठ गए, चलिए।''

''आ गए सब बच्चे ? अच्छा चलो, मैं अभी आई।'' बच्चे दौड़ पड़े।

''क्या ये बन्दर पाल रखे हैं तूने भी ?'' फिर ज़रा हँसकर चित्रा बोली, ''एक दिन तेरी पाठशाला का चित्र बनाना होगा। ज़रा लोगों को दिखाया ही करेंगे कि हमारी एक ऐसी मित्र साहब थीं जो सारे जमादार, दाइयों और चपरासियों के बच्चों को पढ़ा-पढ़ाकर ही अपने को भारी पंडिता और समाज-सेविका समझती थीं।''

''जा-जा, समझते हैं तो समझते हैं। तू जाकर सारी दुनिया में ढिंढोरा पीटना, हमें कोई शरम है क्या ? तेरी तरह लकीरें खींचकर तो समय बर्बाद नहीं करते।'' और पैर में चप्पल डालकर वह बाहर मैदान में चली गई, जहाँ बिना किसी आयोजन के ही एक छोटी-सी पाठशाला बनी हुई थी।

रात के दस बजे थे। सारे हॉस्टल की बत्तियाँ नियमानुसार बुझ चुकी थीं। ऊपर के एक तल्ले पर अँधेरे में ही खुसुर-फुसुर चल रही थी। रविवार के दिन तो यों ही छुटट्री का मूड रहता है। दूसरे, दिन में काफ़ी नींद निकाल ली जाती थी, सो दस बजे लड़कियों को किसी तरह भी नींद नहीं आती थी। तभी हॉस्टल के फ़ाटक में जलती हुई टॉर्च लिए कोई घुसा। अपने कमरे की खिड़की में से झाँकते हुए सविता ने कहा, ''ठाठ तो हॉस्टल में बस अरुणा ही के हैं, रात नौ बजे लौटो, दस बजे लौटो, कोई बन्धन नहीं। हम लोग तो दस के बाद बत्ती भी नहीं जला सकते।''

''लौट आईं अरुणा दी ? आज सवेरे से ही वे बड़ी परेशान थीं। फुलिया दाई का बच्चा बड़ा बीमार था, दोपहर से वे उसी के यहाँ बैठी थीं। पता नहीं, क्या हुआ बेचारे का ?'' शीला ने ठंडी साँस भरते हुए कहा।

''तू बड़ी भक्त है अरुणा दी की !''

''उनके जैसे गुण अपना ले तेरी भी भक्त हो जाऊँगी।''

''मैं कहती हूँ, उन्हें यही सब करना है तो कहीं और रहें, हॉस्टल में रहकर यह जो नवाबी चलाती हैं, सो तो हमसे बर्दाश्त नहीं होती। सारी लड़कियाँ डरती हैं तो कुछ कहती नहीं, पर प्रिंसिपल और वार्डन तक रोब खाती हैं इनका, तभी तो सब प्रकार की छूट दे रखी है।''

''तू भी जिस दिन हाड़ तोड़कर दूसरों के लिए यों परिश्रम करने लग जाएगी न, उस दिन तेरा भी सब रोब खाने लगेंगे। पर तुम्हें तो सजने-सँवरने से ही फुर्सत नहीं मिलती, दूसरों के लिए क्या ख़ाक काम करोगी।''

''अच्छा-अच्छा चल, अपना लैक्चर अपने पास रख।''

अरुणा अपने कमरे में घुसी तो बहुत ही धीरे-से, जिससे चित्रा की नींद न ख़राब हो। पर चित्रा जग ही रही थी। दोपहर से अरुणा

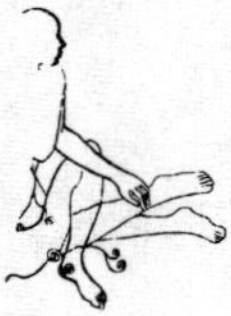

बिना खाए-पिए बाहर थी, उसे नींद कैसे आती भला ? मेस से उसका खाना लाकर उसे मेज़ पर ढँककर रख दिया था। अरुणा के आते ही वह उठ बैठी और पूछा, ''बड़ी देर लग गई, क्या हुआ रूनी !''

''वह बच्चा नहीं बचा चित्रा। किसी तरह उसे नहीं बचा सके।'' और उसका स्वर किसी गहरे दुःख में डूब गया।

चित्रा ने माचिस लेकर लैम्प जलाया और स्टोव जलाने लगी खाना गरम करने के लिए। तभी अरुणा ने कहा, ''रहने दे चित्रा, मैं खाऊँगी नहीं, मुझे ज़रा-भी भूख नहीं है।'' और उसकी आँखें फिर छलछला आईं।

बहुत ही स्नेह से अरुणा की पीठ थपथपाते हुए चित्रा ने कहा, ''जो होना था सो हो गया, अब भूखे रहने से क्या होगा, थोड़ा-बहुत खा ले।''

''नहीं चित्रा, अब रहने दे, बस तू लैम्प बुझा दे।''

उसके बाद दो-तीन दिन तक अरुणा बहुत ही उदास रही, लेकिन समय के साथ-साथ यह ग़म भी जाता रहा, और सब काम ज्यों-का-त्यों चलने लगा।

चार बजते ही कॉलेज से सारी लड़कियाँ लौट आईं, पर अरुणा नहीं लौटी। चित्रा चाय के लिए उसकी प्रतीक्षा कर रही थी। ''पता नहीं कहाँ-कहाँ अटक जाती है, बस इसके पीछे बैठे रहा करो।

''अरे, क्यों बड़-बड़ कर रही है। ले मैं आ गई। चल, बना चाय।''

''तेरे मनोज की चिट्ठी आई है।''

''कहाँ, तूने तो पढ़ ही ली होगी फाड़कर।''

''चल हट, ऐसी बोर चिट्ठियाँ पढ़ने का फालतू समय किसके पास है ? तुम्हारी चिट्ठियों में रहता ही क्या है जो कोई पढ़े। बड़े-बड़े आदर्श की बातें, मानो ख़त न हुआ लैक्चर हुआ।''

''अच्छा-अच्छा, तू लिखा करना रसभरी चिट्ठियाँ, हमें तो वह सब

आता नहीं।'' वह लिफ़ाफ़ा फाड़कर पत्र पढ़ने लगी। जब उसका पत्र समाप्त हो गया तो चित्रा बोली, ''आज पिताजी का भी पत्र आया है, लिखा है जैसे ही यहाँ का कोर्स समाप्त हो जाए, मैं विदेश जा सकती हूँ। मैं जानती थी, पिताजी कभी मना नहीं करेंगे।''

''हाँ भाई ! धनी पिता की इकलौती बिटिया ठहरी ! तेरी इच्छा कभी टाली जा सकती है। पर सच कहती हूँ, मुझे तो यह सारी कला इतनी निरर्थक लगती है, इतनी बेमतलब लगती है कि बता नहीं सकती। किस काम की ऐसी कला, जो आदमी को आदमी न रहने दे।''

''तो तू मुझे आदमी नहीं समझती, क्यों ?''

''तुझे दुनिया से कोई मतलब नहीं, दूसरों से कोई मतलब नहीं, बस चौबीस घंटे अपने रंग और तूलियों में डूबी रहती हैं। दुनिया में बड़ी-से-बड़ी घटना घट जाए, पर यदि उनमें तेरे चित्र के लिए कोई आइडिया न हो तो तेरे लिए वह घटना कोई महत्त्व नहीं रखती। बस, हर घड़ी, हर जगह और हर चीज़ में से तू अपने चित्रों के लिए मॉडल खोजा करती है।''

''मेरी इस लगन को देखकर ही तो गुरुजी कहते हैं कि वह समय दूर नहीं, जब हिन्दुस्तान के कोने-कोने में मेरी शोहरत गूँज उठेगी। अमृता शेरगिल की तरह मेरा भी नाम गूँज उठे, बस यही तमन्ना है।''

''कागज़ पर इन निर्जीव चित्रों को बनाने की बजाए दो-चार की ज़िन्दगी क्यों नहीं बना देती, तेरे पास सामर्थ्य है, साधन हैं।''

''वह काम तो तेरे और मनोज के लिए छोड़ दिया है। तुम दोनों ब्याह कर लो और फिर जल्दी से सारी दुनिया का कल्याण करने के लिए झंडा लेकर निकल पड़ना !'' और चित्रा हँस पड़ी। फिर बोली–

''अच्छा, यह बता कि तेरे यह सब करने से ही क्या हो जाएगा ? तूने अपनी अनोखी पाठशाला में दस-बीस बच्चे पढ़ा दिए, तो क्या

निरक्षरता मिट जाएगी, या झोंपड़ी में दस-बीस औरतों को हुनर सिखाकर कुछ कमाने लायक बना दिया तो उससे गरीबी मिट जाएगी ? अरे, यह सब काम एक के किए होते नहीं। जब तक समाज का सारा ढाँचा नहीं बदलता तब तक कुछ होने का नहीं, और ढाँचा ही बदल गया तो तेरे-मेरे कुछ करने की ज़रूरत नहीं, सब अपने-आप ही हो जाएगी।''

फिर दोनों में कला और जीवन को लेकर लम्बी-लम्बी बहसें होतीं और चित्रा अन्त में कान पर हाथ धरकर उठ जाती, ''अच्छा-अच्छा, बन्द कर यह लेक्चरबाज़ी। बोर कहीं की !'' यह पिछले पाँच वर्षों से इसी प्रकार चल रहा था। हर दस-बीस दिन बाद दोनों में अपने-अपने उद्‍देश्यों को लेकर, अपनी-अपनी दिनचर्या को लेकर एक गरमागरम बहस हो ही जाती, पर न वह उसकी बात को लोहा मानती थी, न वह उसकी बात की कायल होती थी।

तीन दिन से मूसलाधार वर्षा हो रही थी। रोज़ अख़बारों में बाढ़ की ख़बरें आती थीं। बाढ़-पीड़ितों की दशा बिगड़ती जा रही थी, और वर्षा थी कि थमने का नाम ही नहीं लेती थी। अरुणा सारे दिन चन्दा इकट्ठा करने में व्यस्त रहती। एक दिन आख़िर चित्रा ने कह ही दिया, ''तेरे इम्तिहान सर पर आ रहे हैं, कुछ पढ़ती-लिखती तू है नहीं, सारे दिन बस भटकती रहती है। फेल हो गई तो तेरे ससुर साहब क्या सोचेंगे कि इतना पैसा बेकार ही पानी में बहाया।''

''आज शाम को एक स्वयंसेवकों का दल जा रहा है, प्रिंसिपल से अनुमति ले ली, मैं भी उनके साथ जा रही हूँ।'' चित्रा की बात को बिना सुने उसने कहा।

शाम को अरुणा चली गई। पन्द्रह दिन बाद वह लौटी तो उसकी

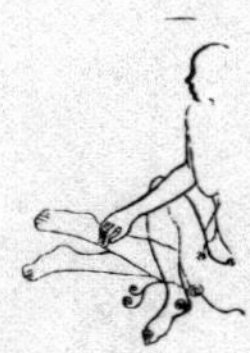

हालत काफ़ी ख़स्ता हो रही थी। सूरत ऐसी निकल आई थी मानो छः महीने से बीमार हो। चित्रा उस समय अपने गुरुदेव के पास गई हुई थी। अरुणा नहा-धोकर, खा-पीकर लेटने लगी, तभी उसकी नज़र चित्रा के नए चित्रों की ओर गई। तीन चित्र बने रखे थे, तीनों बाढ़ के चित्र थे। जो दृश्य वह अपनी आँखों से देखकर आ रही थी, वैसे ही दृश्य यहाँ भी अंकित थे। उसका मन जाने कैसा-कैसा हो आया। वहाँ लोगों के जीने के लाले पड़ रहे हैं और उसमें भी इसे चित्रकारी ही सूझती है। और न जाने कितनी बातें सोचते-सोचते वह सो गई।

शाम को चित्रा तो अरुणा को देखकर बड़ी प्रसन्न हुई। "गनीमत है, तू लौट आई। मैं तो सोच रही थी कि कहीं तू बाढ़-पीड़ितों की सेवा करती ही रह जाए और मैं जाने से पहले तुझसे मिल भी न पाऊँ।"

"क्यों, तेरा जाने का तय हो गया ?"

"हाँ, अगले बुध को मैं घर जाऊँगी और बस एक सप्ताह बाद हिन्दुस्तान की सीमा के बाहर पहुँच जाऊँगी।" उल्लास उसके स्वर में छलका पड़ रहा था।

"सच कह रही है, तू चली जाएगी चित्रा ! छः साल से तेरे साथ रहते-रहते यह बात ही मैं तो भूल गई कि हमको अलग भी होना पड़ेगा। तू चली जाएगी तो मैं कैसे रहूँगी ?"

"अरे, दो महीने बाद शादी कर लेगी, फिर याद भी न रहेगा कि कौन कम्बख़त थी चित्रा ! बड़ी लालसा थी तेरी शादी में आने की, पर अब तो आ नहीं सकूँगी। अच्छी तरह शादी करना, दोनों मिलकर सारे समाज का और सारे संसार का कल्याण करना।"

पर अरुणा के कानों में उसकी कोई भी बात नहीं पड़ रही थी। चित्रा के साथ बिताए हुए पिछले छः सालों के चित्र उसकी आँखों के सामने घूम रहे थे और वह उन्हीं में खोई बैठी रही।

''क्या सोचने लगी रूनी ! मनोज की याद आ गई क्या ?''

''चल हट ! हर समय का मज़ाक अच्छा नहीं लगता।''

उस दिन रात में भी अरुणा अपने और चित्रा के बारे में ही सोचती रही। दोनों के आचार-विचार, रहन-सहन, रुचि आदि में ज़मीन-आसमान का अन्तर था, फिर भी कितना स्नेह था दोनों में। सारा हॉस्टल उनकी मित्रता को ईर्ष्या की नज़र से देखता था। जब उसके बी.ए. के इम्तिहान थे तो चित्रा कितना ख़याल रखती थी उसका। वह अक्सर चित्रा को डाँट दिया करती थी, पर कभी उसने बुरा नहीं माना। यही चित्रा अब चली जाएगी—बहुत-बहुत दूर। ये दो महीने भी कैसे निकालेगी ? और यही सब सोचते-सोचते उसे नींद आ गई।

आज चित्रा को जाना था। हॉस्टल से उसे बड़ी शानदार विदाई मिली थी। अरुणा सवेरे से ही उसका सारा सामान ठीक कर रही थी। एक-एक करके चित्रा सबसे मिल आई। बस गुरुजी के घर की तरफ़ चल पड़ी। तीन बज गए, पर वह लौटी नहीं। अरुणा उसका सारा काम समाप्त करके उसकी राह देख रही थी। और भी कई लड़कियाँ वहाँ जमा थीं, कुछ बार-बार आकर पूछ जाती थीं, चित्रा लौटी या नहीं ? पाँच बजे की गाड़ी से वह जानेवाली है। अरुणा ने सोचा, वह खुद जाकर देख आए कि आख़िर बात क्या हो गई। तभी हड़बड़ाती-सी चित्रा ने प्रवेश किया, ''बड़ी देर हो गई ना ! अरे क्या करूँ, बस, कुछ ऐसा हो गया कि रुकना ही पड़ा।''

''आख़िर क्या हो गया ऐसा, जो रुकना ही पड़ा, सुनें तो।'' दो-तीन कंठ एक साथ बोले।

''गर्ग-स्टोर के सामने पेड़ के नीचे अक्सर एक भिखारिनी बैठी रहा करती थी ना, लौटी तो देखा कि वह वहीं मरी पड़ी है और उसके दोनों बच्चे उसके सूखे शरीर से चिपककर बुरी तरह रो रहे हैं। जाने क्या था उस सारे दृश्य में कि मैं अपने को रोक नहीं सकी—एक रफ़-सा

स्केच बना ही डाला। बस, इसी में इतनी देर हो गई।" चर्चा इसी पर चल पड़ी, "कैसे मर गई, कल तो उसे देखा था।" किसी ने दार्शनिक की मुद्रा में कहा, "अरे, ज़िन्दगी का क्या भरोसा, मौत कहकर थोड़े आती है।" आदि-आदि। पर इस सारी चर्चा से अरुणा कब खिसक गई, कोई जान ही नहीं पाया।

साढ़े चार बजे चित्रा हॉस्टल के फाटक पर आ गई, पर तब तक अरुणा का कहीं पता नहीं था। बहुत सारी लड़कियाँ उसे छोड़ने को स्टेशन आईं, पर चित्रा की आँखें बराबर अरुणा को ढूँढ़ रही थीं। उसे दृढ़ विश्वास था कि वह इस विदाई की बेला में उससे मिलने ज़रूर आएगी। पाँच भी बज गए, रेल चल पड़ी, अनेक रूमालों ने हिल-हिलकर चित्रा को विदाई दी, पर उसकी आँसूभरी आँखें किसी और को ही ढूँढ़ रही थीं—पर अरुणा न आई सो न आई।

विदेश जाकर चित्रा तन-मन से अपने काम में जुट गई। उसकी लगन ने उसकी कला को निखार दिया। विदेशों में उसके चित्रों की धूम मच गई। भिखमंगी और दो अनाथ बच्चों के उस चित्र की प्रशंसा में तो अख़बारों के कॉलम-के-कॉलम भर गए। शोहरत के ऊँचे कगार पर बैठ, चित्रा जैसे अपना पिछला सबकुछ भूल गई। पहले वर्ष तो अरुणा से पत्र-व्यवहार बड़े नियमित रूप से चला, फिर कम होते-होते एकदम बन्द हो गया। पिछले एक साल से तो उसे यह भी नहीं मालूम कि वह कहाँ है। नई कल्पनाएँ और नए-नए विचार उसे नवीन सृजन की प्रेरणा देते और वह उन्हीं में खोई रहती। उसके चित्रों की प्रदर्शनियाँ होतीं। अनेक प्रतियोगिताओं में उसका 'अनाथ' शीर्षकवाला चित्र प्रथम पुरस्कार पा चुका था। जाने क्या था उस चित्र में, जो देखता, वही चकित रह जाता। दुःख-दारिद्रय और करुणा जैसे साकार हो उठे थे। तीन साल बाद जब वह भारत लौटी तो बड़ा स्वागत हुआ उसका। अख़बारों में उसकी कला पर, उसके जीवन पर अनेक लेख छपे। पिता

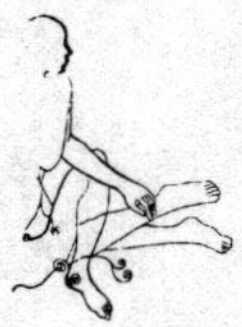

अपनी इकलौती बिटिया की इस कामयाबी पर गद्गद थे—समझ नहीं पा रहे थे कि उसे कहाँ उठाएँ, कहाँ बिठाएँ। दिल्ली में उसके चित्रों की प्रदर्शनी का विराट् आयोजन किया गया। उद्घाटन करने के लिए उसे ही बुलाया गया था। उस प्रदर्शनी को देखने के लिए जनता उमड़ पड़ी थी, भूरि-भूरि प्रशंसा हो रही थी और चित्रा को लग रहा था, जैसे उसके सपने साकार हो गए।

उस भीड़-भाड़ में अचानक उसकी भेंट अरुणा से हो गई। ''रूनी !'' कहकर वह भीड़ की उपस्थिति को भूलकर अरुणा के गले से लिपट गई। ''तुझे कबसे चित्र देखने का शौक़ हो गया रूनी !''

''चित्रों को नहीं, चित्रा को देखने आई थी। तू तो एकदम भूल ही गई।''

''ये बच्चे किसके हैं ?'' दो प्यारे से बच्चे अरुणा से सटे खड़े थे। लड़के की उम्र कोई आठ साल की होगी शायद तो लड़की पाँच के आसपास की होगी।

''मेरे बच्चे हैं, और किसके ! ये तुम्हारी चित्रा मासी हैं, नमस्ते करो अपनी मासी को।'' अरुणा ने आदेश दिया।

बच्चों ने बड़ी अदा से नमस्ते किया। पर चित्रा अवाक् होकर कभी उनका और कभी अरुणा का मुँह देख रही थी। वह सारी बात का कुछ तुक नहीं मिला पा रही थी। तभी अरुणा ने टोका, ''कैसी मासी है, प्यार तो कर।'' और चित्रा ने दोनों के सिर पर हाथ फेरा। प्यार का ज़रा-सा सहारा पाकर लड़की चित्रा की गोदी में जा चढ़ी। अरुणा ने कहा, ''तुम्हारी ये मासी बहुत अच्छी तस्वीरें बनाती हैं, ये सारी तस्वीरें इन्हीं की बनाई हुई हैं।''

''सच ?'' आश्चर्य से बच्ची बोल पड़ी। ''तब तो मासी, तुम ज़रूर ड्राइंग में फर्स्ट आती होओगी। मैं भी अपनी क्लास में फर्स्ट आती हूँ—तुम हमारे घर आओगी तो अपनी कॉपी दिखाऊँगी।'' बच्ची के

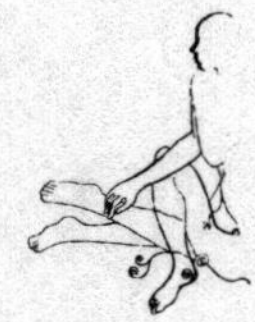

स्वर में मुक़ाबले की भावना थी। चित्रा और अरुणा इस बात पर हँस पड़ीं।

''आप हमें सब तस्वीरें दिखाइए मासी, समझा-समझाकर।'' बच्चे ने फ़रमाइश की। चित्रा समझाती तो क्या, यों ही तस्वीरें दिखाने लगी। घूमते-घूमते वे उसी भिखारिनीवाली तस्वीर के सामने आ पहुँचे। चित्रा ने कहा, ''यही वह तस्वीर है रूनी, जिसने मुझे इतनी प्रसिद्धि दी।''

''ये बच्चे रो क्यों रहे हैं मासी ?'' तस्वीर को ध्यान से देखकर बालिका ने कहा।

''इनकी माँ मर गई, देखती नहीं मरी पड़ी है। इतना भी नहीं समझती !'' बालक ने मौका पाते ही अपने बड़प्पन की छाप लगाई।

''ये सचमुच के बच्चे थे मासी ?'' बालिका का स्वर करुण-से-करुणतर होता जा रहा था।

''और क्या, सचमुच के बच्चों को देखकर ही तो बनाई थी यह तस्वीर।''

''हाय राम ! इनकी माँ मर गई तो फिर इन बच्चों का क्या हुआ ?'' बालक ने पूछा।

''मासी, हमें ऐसी तस्वीर नहीं, अच्छी-अच्छी तस्वीरें दिखाओ, राजा, रानी की, परियों की–'' उस तस्वीर को और अधिक देर तक देखना बच्ची के लिए असह्य हो उठा था। तभी अरुणा के पति आ पहुँचे। परिचय हुआ। साधारण बातचीत के पश्चात् अरुणा ने दोनों बच्चों को उनके हवाले करते हुए कहा, ''आप ज़रा बच्चों को प्रदर्शनी दिखाइए, मैं चित्रा को लेकर घर चलती हूँ।''

बच्चे इच्छा न रहते हुए भी पिता के साथ विदा हुए। चित्रा को दोनों बच्चे बड़े ही प्यारे लगे। वह उन्हें एकटक देखती रही। जैसे ही वे आँखों से ओझल हुए उसने पूछा, ''सच-सच बता रूनी ! ये प्यारे-प्यारे बच्चे किसके हैं ?''

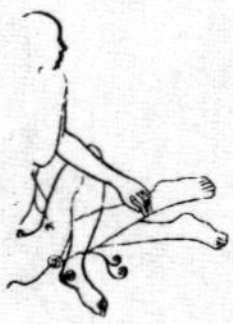

''कहा तो, मेरे।'' अरुणा ने हँसते हुए कहा।

''अरे, बताओ ना ! मुझे ही बेवकूफ़ बनाने चली है।''

एक क्षण रुककर अरुणा ने पूछा, ''बता दूँ ?'' और फिर उस भिखारिनीवाले चित्र के दोनों बच्चों पर अँगुली रखकर बोली, ''ये ही वे दोनों बच्चे हैं।''

''क्याऽऽऽ !'' विस्मय से चित्रा की आँखें फैली-की-फैली रह गईं।

''क्या सोच रही है चित्रा ?''

''कुछ नहीं–''मैं...मैं सोच रही थी कि...'' पर शब्द शायद उसके विचारों में ही खो गए।

मैं हार गई

जब कवि-सम्मेलन समाप्त हुआ तो सारा हॉल हँसी-कहकहों और तालियों की गड़गड़ाहट से गूँज रहा था। शायद मैं ही एक ऐसी थी, जिसका रोम-रोम क्रोध से जल रहा था। उस सम्मेलन की अन्तिम कविता थी 'बेटे का भविष्य'। उसका सारांश कुछ इस प्रकार था, एक पिता अपने बेटे के भविष्य का अनुमान लगाने के लिए उसके कमरे में एक अभिनेत्री की तस्वीर, एक शराब की बोतल और एक प्रति गीता की रख देता है और स्वयं छिपकर खड़ा हो जाता है। बेटा आता है और सबसे पहले अभिनेत्री की तस्वीर को उठाता है। उसकी बाछें खिल जाती हैं। बड़ी हसरत से उसे वह सीने से लगाता है, चूमता है और रख देता है। उसके बाद शराब की बोतल से दो-चार घूँट पीता है। थोड़ी देर बाद मुँह पर अत्यन्त गम्भीरता के भाव लाकर, बग़ल में गीता दबाए वह बाहर निकलता है। बाप बेटे की यह करतूत देखकर उसके भविष्य की घोषणा करता है, "यह साला तो आजकल का नेता बनेगा !"

कवि महोदय ने यह पंक्ति पढ़ी ही थी कि हॉल के एक कोने से दूसरे कोने तक हँसी की लहर दौड़ गई। पर नेता की ऐसी फज़ीहत देखकर मेरे तो तन-बदन में आग लग गई। साथ आए हुए मित्र ने व्यंग्य करते हुए कहा, "क्यों, तुम्हें तो वह कविता बिल्कुल पसन्द नहीं आई होगी। तुम्हारे पापा भी तो एक बड़े नेता हैं !"

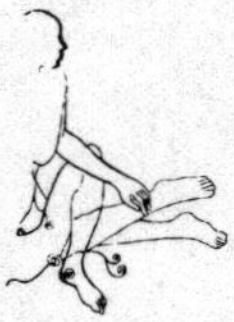

मैंने गुस्से में जवाब दिया, ''पसन्द ! मैंने आज तक इससे भद्दी और भोंडी कविता नहीं सुनी !''

अपने मित्र की व्यंग्य की तिक्तता को मैं खूब अच्छी तरह पहचानती थी। उनका क्रोध बहुत कुछ चिलम न मिलने वालों के आक्रोश के समान ही था। उनके पिता चुनाव में मेरे पिताजी के प्रतिद्वन्द्वी के रूप में खड़े हुए थे और हार गए थे। उस तमाचे को वह अभी तक नहीं भूले थे। आज यह कविता सुनकर उन्हें दिल की जलन निकालने का अवसर मिला। उन्हें लग रहा था, मानो उनके पिता का हारना भी आज सार्थक हो गया। पर मेरे मन में उस समय कुछ और चक्कर चल रहा था।

मैं जली-भुनी जो गाड़ी में बैठी तो सच मानिए, सारे रास्ते यही सोचती रही कि किस प्रकार इन कवि महाशय को करारा-सा जवाब दूँ। मेरे पापाजी के राज में ही नेता की ऐसी छीछालेदर भी कोई चुपचाप सह लेने की बात थी भला ! चाहती तो यही थी कि कविता में ही उनको जवाब दूँ, पर इस ओर कभी कदम नहीं उठाया था। सो निश्चय किया कि कविता नहीं तो कहानी ही सही। अपनी कहानी में मैंने एक ऐसे सर्वगुणसम्पन्न नेता का निर्माण करने की योजना बनाई जिसे पढ़कर कवि महाशय को अपनी हार माननी ही पड़े। भरी सभा में वह जो नहला मार गए थे, उस पर मैं दहला नहीं, सीधे इक्का ही फटकारना चाहती थी, जिससे बाज़ी हर हालत में मेरी ही रहे।

यही सब सोचते-सोचते मैं कमरे में घुसी, तो दीवार पर लगी बड़े-बड़े नेताओं की तस्वीरों पर नज़र गई। सबके प्रतिभाशाली चेहरे मुझे प्रोत्साहन देने लगे। सब नेताओं के व्यक्तिगत गुणों को एक साथ ही मैं अपने नेता में डाल देना चाहती थी, जिससे वह किसी भी गुण में कम न रहने पाए।

पूरे सप्ताह तक मैं बड़े-बड़े नेताओं की जीवनियाँ पढ़ती रही और

अपने नेता का ढाँचा बनाती रही। सुना था और पढ़कर भी महसूस किया कि जैसे कमल कीचड़ में उत्पन्न होता है, वैसे ही महान आत्माएँ ग़रीबों के घर ही उत्पन्न होती हैं। सोच-विचारकर एक शुभ मुहूर्त देखकर मैंने सब गुणों से लैस करके अपने नेता का जन्म, गाँव के एक ग़रीब किसान की झोंपड़ी में करा दिया।

मन की आशाएँ और उमंगें जैसे बढ़ती हैं, वैसे ही मेरा नेता भी बढ़ने लगा। थोड़ा बड़ा हुआ तो गाँव के स्कूल में ही उसकी शिक्षा प्रारम्भ हुई। यद्यपि मैं इस प्रबन्ध से विशेष सन्तुष्ट नहीं थी, पर स्वयं ही मैंने परिस्थिति बना डाली थी कि इसके सिवाय कोई चारा नहीं था। धीरे-धीरे उसने मिडिल पास किया। यहाँ तक आते-आते उसने संसार के सभी महान व्यक्तियों की जीवनियाँ और क्रान्तियों के इतिहास पढ़ डाले। देखिए, आप बीच में ही ये मत पूछ बैठिए कि आठवीं का बच्चा इन सबको कैसे समझ सकता है? यह तो एकदम अस्वाभाविक बात है। इस समय मैं आपके किसी भी प्रश्न का जवाब देने की मनःस्थिति में नहीं हूँ। आप यह न भूले कि यह बालक एक महान भावी नेता है।

हाँ, तो यह सब पढ़कर उसके सीने में बड़े-बड़े अरमान मचलने लगे, बड़े-बड़े सपने साकार होने लगे, बड़ी-बड़ी उमंगें करवटें लेने लगीं। वह जहाँ कहीं भी अत्याचार देखता, मुट्ठियाँ भींच-भींचकर संकल्प करता, उसको दूर करने की बड़ी-बड़ी योजनाएँ बनाता और मुझे उसकी योजना में, उसके संकल्पों में अपनी सफलता हँसती-खेलती नज़र आती। एक बार जान का खतरा मोल लेकर मैंने ज़मींदार के कारिन्दों से भी उसकी मुठभेड़ करा दी, और उसकी विजय पर उससे अधिक हर्ष मुझे हुआ।

तभी अचानक एक घटना घट गई। उसके पिता की अचानक मृत्यु हो गई। दवा-इलाज के लिए घर में पैसा नहीं था। सो उसके पिता

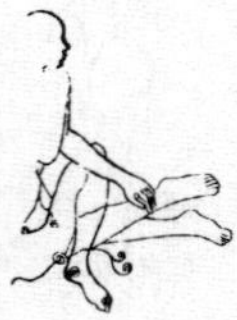

ने तड़प-तड़पकर जान दे दी और वह बेचारा कुछ भी न कर सका। पिता की इस बेबसी की मृत्यु का भारी सदमा उसको लगा। उसकी बूढ़ी माँ ने रोते-रोते प्राण तो नहीं, पर आँखों की रोशनी गँवा दी। घर में उसकी एक विधवा बुआ और एक छोटी क्षयग्रस्त बहन और थी। सबके भरण-पोषण का भार उस पर आ पड़ा। आय का कोई साधन था नहीं। थोड़ी-बहुत ज़मीन जो थी, उसे ज़मींदार ने लगान बकाया निकालकर हथिया लिया। उसके पिता की विनम्रता का लिहाज़ करके अभी तक वह चुप बैठा था। अब क्यों मानता ? उसके क्रान्तिकारी बेटे से वह परिचित था। सो अवसर मिलते ही बदला ले लिया। अब मेरे भावी नेता के सामने भारी समस्या थी। वह सलाह लेने मेरे पास आया। मैंने कहा, ''अब समय आ गया है। तुम घर-बार और रोटी की चिन्ता छोड़कर देश-सेवा के कार्य में लग जाओ। तुम्हें देश का नव-निर्माण करना है। शोषितों की आवाज़ को बुलन्द करके देश में वर्गहीन समाज की स्थापना करनी है। तुम सब कुछ बड़ी सफलतापूर्वक कर सकोगे, क्योंकि मैंने तुममें सब आवश्यक गुण भर दिए हैं।''

उसने बहुत ही बुझे हुए स्वर में कहा, ''यह तो सब ठीक है, पर मेरी अन्धी माँ और बीमार बहन का क्या होगा ? मुझे देश प्यारा है, पर ये लोग भी कम प्यारे नहीं।''

मैं झल्ला उठी, ''तुम नेता होने जा रहे हो या कोई मज़ाक है ? जानते नहीं, नेता लोग कभी अपने परिवार के बारे में नहीं सोचते, वे देश के, सम्पूर्ण राष्ट्र के बारे में सोचते हैं। तुम्हें मेरे आदेश के अनुसार चलना होगा। जानते हो, मैं तुम्हारी स्रष्टा हूँ, तुम्हारी विधाता !''

उसने सबकुछ अनसुना करके कहा, ''यह सब तो ठीक है पर मैं अपनी अन्धी बूढ़ी माँ की दर्दभरी आहों की उपेक्षा, किसी भी मूल्य पर नहीं कर सकता। तुम मुझे कहीं नौकरी क्यों नहीं दिला देतीं ?

गुज़ारे का साधन हो जाने से मैं बाकी सारा समय सहर्ष देश-सेवा में लगा दूँगा। तुम्हारे सपने सच्चे कर दूँगा। पर पहले मेरे पेट का कुछ प्रबन्ध कर दो।''

मैंने सोचा, क्यों न अपने पिताजी के विभाग में इसे कहीं कोई नौकरी दिलवा दूँ। पर पिताजी की उदार नीति के कारण कोई जगह खाली भी तो रहने पाए ! देखा तो सब जगह भरी हुई थीं। कहीं मेरे चचेरे भाई विराजमान थे, तो कहीं फुफेरे। मतलब यह है कि मैं उसके लिए कोई प्रबन्ध न कर सकी। उसका मुँह तो चीर दिया, पर उसे भरने का प्रबन्ध न कर सकी। हारकर उसने मज़दूरी करना शुरू कर दिया। ज़मींदार की नई हवेली बन रही थी, वह उसी में ईंटें ढोने का काम करने लगा। जैसे-जैसे वह सिर पर ईंटें उठाता, उसके अरमान नीचे को धसकते जाते। मैंने लाख उसे यह काम न करने के लिए कहा, पर वह अपनी माँ-बहन की आड़ लेकर मुझे निरुत्तर कर देता। मुझे उस पर कम क्रोध नहीं था। फिर भी मुझे भरोसा था, क्योंकि बड़ी-बड़ी प्रतिभाओं और गुणों को मैंने उसकी घुट्टी में पिला दिया था। हर परिस्थिति में वे अपना रंग दिखलाएँगे। यह सोचकर ही मैंने उसे उसके भाग्य पर छोड़ दिया और तटस्थ दर्शक की भाँति उसकी प्रत्येक गति-विधि का निरीक्षण करने लगी।

उसकी बीमार बहन की हालत बेहद खराब हो गई। वह उसे बहुत प्यार करता था। उसने एक दिन काम से छुट्टी ली और शहर गया, उसके इलाज के प्रबन्ध की तलाश में। घूम-फिरकर एक बात उसकी समझ में आई कि काफी रुपया हो तो उसकी बहन बच सकती है। रास्ते-भर उसकी रुग्ण बहन के करुण चीत्कार उसके हृदय को बेधते रहे। बार-बार जैसे उसकी बहन चिल्ला-चिल्लाकर कह रही थी, ''भैया, मुझे बचा लो। कहीं से भी रुपए का प्रबन्ध करके मुझे बचा लो। भैया, मैं मरना नहीं चाहती !''...और उसके सामने उसके बाप की मृत्यु का

दृश्य घूम गया। गुस्से से उसकी नसें तन गईं। वह गाँव आया और वहाँ के जितने भी सम्पन्न लोग थे, सबसे क़र्ज़ माँगा, मिन्नतें कीं, हाथ जोड़े, पर निराशा के अतिरिक्त उसे कुछ नहीं मिला। इस नाकामयाबी पर उसका विद्रोही मन जैसे भड़क उठा। वह दिन-भर बिना बताए, जाने क्या-क्या संकल्प करता रहा। और आधी रात के क़रीब दिल में निहायत ही नापाक इरादा लेकर उठा।

मैं काँप गई। वह चोरी करने जा रहा था ! मेरे बनाए नेता का ऐसा पतन ! वह चोरी करे ! छीः-छीः ! और इसके पहले कि चोरी-जैसा जघन्य कार्य करके वह अपनी नैतिकता का हनन करता, मैंने उसका ही खात्मा कर दिया! अपनी लिखी हुई कहानी के पन्नों के टुकड़े-टुकड़े कर दिए।

उसकी तबाही के साथ एक महान नेता के निर्माण करने का मेरा हौसला भी मुझे तबाह होता नज़र आया। लेकिन इतनी आसानी से मैं हिम्मत हारनेवाली न थी। बड़े धैर्य के साथ मैं अपनी कहानी का विश्लेषण करने बैठी कि आखिर क्यों, सब गुणों से लैस होकर भी मेरा नेता, नेता न बनकर चोर बन गया ? और खोज-बीन करते-करते मैं अपनी असफलता की जड़ तक पहुँच ही गई। ग़रीबी ! ग़रीबी के कारण ही उसके सारे गुण, दुर्गुण बन गए और मेरी मनोकामना अधूरी ही रह गई। जब सही कारण सूझ गया तो उसका निराकरण क्या कठिन था।

एक बार फिर मैंने कलम पकड़ी और नेता बदले हुए रूप और बदली हुई परिस्थितियों में फिर एक बार इस संसार में आ गया। इस बार उसने शहर के करोड़पति सेठ के यहाँ जन्म लिया, जहाँ न उसके सामने पेट भरने का सवाल था, न बीमार बहन के इलाज की समस्या। असीम लाड़-प्यार और धन-वैभव के बीच वह पलने लगा। बढ़िया-से-बढ़िया स्कूल में उसे शिक्षा दी गई। उसकी अलौकिक प्रतिभा

देखकर सब चकित रह जाते। वह अत्याचार होते देखकर तिलमिला जाता, जोशीले भाषण देता, गाँवों में जाकर वह बच्चों को पढ़ाता। ग़रीबों के प्रति उसका दिल दया से लबालब-भरा रहता। अमीर होकर भी वह सादगी से जीवन बिताता, सारांश यह कि महान नेता बनने के सभी शुभ लक्षण उसमें नज़र आए। क़दम-क़दम पर वह मेरी सलाह लेता, और मैंने भी उसके भावी जीवन का नक्शा उसके दिमाग में पूरी तरह उतार दिया था, जिससे वह कभी भी पथ-भ्रष्ट न होने पाए।

मैट्रिक पास करके वह कॉलेज गया। जिस कॉलेज में एक समय में केवल राजाओं के पुत्र ही पढ़ा करते थे और आज भी जहाँ रईसी का वातावरण था, उसी कॉलेज में उसके पिता ने उसे भर्ती कराया। लेकिन मेरी सारी सावधानी के बावजूद उन रईसज़ादों की सोहबत अपना रंग दिखाए बिना न रही। वह अब ज़रा आरामतलब हो गया। मेरे सलाह-मशविरों की अब उसे उतनी चिन्ता न रही। घंटों अब वह कॉफी-हाउस में रहने लगा। और एक दिन तो मैंने उसे हाउज़ी खेलते देखा। मेरा दिल धक से कर गया। जुआ ! हाय राम ! यह क्या हो गया ? मैं सँभलकर कुर्सी पर बैठ गई और क़लम को कसकर पकड़ लिया। क़लम को ज़ोर से पकड़कर ही मुझे लगा, मानो मैंने उसकी नकेल को क़सकर पकड़ लिया हो। पर उसके तो जैसे अब पर निकल आए थे। जुआ ही उसके नैतिक पतन की अन्तिम सीमा न रही। कुछ दिनों बाद ही मैंने उसे शराब पीते भी देखा। मेरा क्रोध सीमा से बाहर जा चुका था। मैंने उसे अपने पास बुलाया। अपने क्रोध पर जैसे-तैसे क़ाबू रखते हुए मैंने उससे पूछा, "जानते हो, मैंने तुम्हें किसलिए बनाया है ?"

वह भी मानो मेरा सामना करने के लिए पूरी तरह तैयार होकर आया था। बोला, "अपने स्वार्थ की पूर्ति के लिए, अपनी इच्छा पूरी करने के लिए तुमने मुझे बनाया है। पर यह ज़रूरी नहीं कि मैं तुम्हारी

इच्छानुसार ही चलूँ, मेरा अपना अस्तित्व भी है, मेरे अपने विचार भी हैं।"

मैं चिल्ला उठी, "जानते हो, तुम किससे बातें कर रहे हो ? मैं तुम्हारी स्रष्टा हूँ, तुम्हारी निर्माता ! मेरी इच्छा से बाहर तुम्हारा कोई स्वतन्त्र अस्तित्व नहीं !"

वह हँस पड़ा, "अरे ! तुमने तो मुझे अपनी क़लम से पैदा किया है, मेरे इन दोस्तों को देखो ! इनकी अम्माओं ने तो इन्हें अपने जिस्म से पैदा किया है। फिर भी वे इनके निजी जीवन में इतना हस्तक्षेप नहीं करतीं, जितना तुम करती हो। तुमने तो मेरी नाक में दम कर रखा है। ऐसा करो, वैसा मत करो। मानो मैं आदमी नहीं, काठ का उल्लू हूँ। सो बाबा ऐसी नेतागिरी मुझसे निभाए न निभेगी। यह उम्र, दुनिया की रंगीनी और घर की अमीरी ! बिना लुत्फ़ उठाए यों ही जवानी क्यों बर्बाद की जाए ? यह करके क्या नेता नहीं बना जा सकता ?"

और मैं कुछ कहूँ उसके पहले ही वह सीटी बजाता हुआ चला गया।

कल्पना तो कीजिए उस ज़लालत की, जो मुझे सहनी पड़ी ! इच्छा तो यह हुई कि अपने पहलेवाले नेता की तरह इसका भी सफ़ाया कर दूँ। पर सदमा इतना गहरा था कि जोश भी न रहा। इतना सब हो जाने पर भी जाने क्यों, मन में एक क्षीण-सी आशा बनी हुई थी कि शायद वह सीधे रास्ते पर आ जाए। गाँधीजी ने भी तो एक बार बचपन में चोरी की थी, बुरे कर्म किए थे, फिर अपने-आप रास्ते पर आ गए। सम्भव है, इसके हृदय में भी कभी पश्चात्ताप की आग जले और यह अपने-आप सुधर जाए पर अब मैंने उसे आदेश देना बन्द कर दिया और धैर्य के साथ उस दिन की प्रतीक्षा करने लगी, जब वह पश्चात्ताप की अग्नि में झुलसता हुआ मेरे चरणों में आ गिरेगा और अपने किए

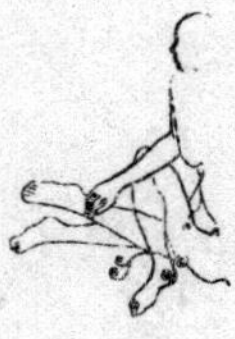

के लिए क्षमा माँगेगा !

पर ऐसा शुभ दिन कभी नहीं आया। जो दिन आया, वह कल्पनातीत था। एक बहुत ही सुहावनी साँझ को मैंने देखा कि वह खूब सज-धज रहा है। आज का लिबास कुछ अनोखा ही था। शार्कस्किन के सूट की जगह सिल्क की शेरवानी थी। सिगरेट की जगह पान था। सैंट महक रहा था। बाहर हॉर्न बजा और वह गुनगुनाकर अपने मित्र की गाड़ी में जा बैठा। गाड़ी एक बार के सामने रुकी। और रात तक वे साहबज़ादे पेग-पर-पेग ढालते रहे, भद्दे मज़ाक करते रहे और ठहाके लगाते रहे। रात को नौ बजे उठे, तो पैर लड़खड़ा रहे थे। जैसे-तैसे गाड़ी में बैठे और ड्राइवर से जिस गन्दी जगह चलने को कहा, उसका नाम लिखते भी मुझे लज्जा लगती है !

अपने को बहुत रोकना चाहती थी, फिर भी वह घोर पाप मैं सहन न कर सकी और तय कर लिया कि आज जैसे भी होगा, मैं फ़ैसला कर ही डालूँगी। मैं गुस्से से काँपती हुई उसके पास पहुँची। इस समय उससे बात करने में भी मुझे घृणा हो रही थी, क्रोध से मेरा रोम-रोम जल रहा था ! फिर भी अपने को क़ाबू में रखकर और स्वर को भरसक कोमल बनाकर मैंने उससे कहा, "एक बार अन्तिम चेतावनी देने के ख़याल से ही मैं इस समय तुम्हारे पास आई हूँ। तुम्हारा यह सर्वनाश देखकर, जानते हो मुझे कितना दुख होता है ? अब भी समय है, सँभल जाओ। सुबह का भूला यदि शाम को घर आ जाए, तो भूला नहीं कहलाता !"

पर इस समय वह शायद मुझसे बात करने की मनःस्थिति में ही नहीं था। उसने पान चबाते हुए कहा, "अरे जान ! यह क्या तुमने हर समय नेतागिरी का पचड़ा लगा रखा है ? कहाँ तुम्हारी नेतागिरी और कहाँ छमिया का छमाका ! देख लो, तो बस सरूर आ जाए।"

मैंने कान बन्द कर लिए। वह कुछ और भी बोला, पर मैंने सुना

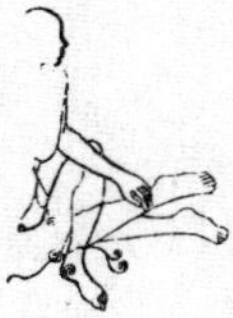

नहीं। पर उसने जो आँख मारी, वह दिखाई दी और मुझे लगा, जैसे पृथ्वी घूम रही है। मैंने आँखें बन्द कर लीं और गुस्से से होंठ काट लिए। क्रोध के आवेग में कुछ भी कहते नहीं बना, केवल मुँह से इतना ही निकला, "दुराचारी ! अशिष्ट ! नारकीय कीड़े !"

उसके मित्र ने जो कुछ कहा, उसकी हल्की-सी ध्वनि मेरे कान में पड़ी। वह जाते-जाते कह रहा था, "अरे ! ऐसी घोर हिन्दी में फटकारोगी तो वह समझेगा भी नहीं ! ज़रा सरल भाषा बोलो !"

और अधिक सहना मेरे बूते के बाहर की बात थी। मैंने जिस क़लम से उसको उत्पन्न किया था, उसी क़लम से उसका खात्मा भी कर दिया। वह छमिया के यहाँ जाकर बैठनेवाला था कि मैंने उसे रद्दी की टोकरी में डाल दिया। जैसा किया, वैसा पाया !

उसने तो अपने किए का फल पा लिया, पर मैं समस्या का समाधान नहीं पा सकी। इस बार की असफलता ने तो बस मुझे रुला ही दिया। अब तो इतनी हिम्मत भी नहीं रही कि एक बार फिर मध्यम वर्ग में अपना नेता उत्पन्न करके फिर से प्रयास करती। इन दो हत्याओं के भार से ही मेरी गर्दन टूटी जा रही थी, और हत्या का पाप ढोने की न इच्छा थी न शक्ति ही। और अपने सारे अहं को तिलांजलि देकर बहुत ही ईमानदारी से मैं कहती हूँ कि मेरा रोम-रोम महसूस कर रहा था कि कवि भरी सभा में शान के साथ जो नहला फटकार गया था, उस पर इक्का तो क्या, मैं दुग्गी भी न मार सकी। मैं हार गई, बुरी तरह हार गई।

●●●